Christina Friedrich

MORGEN MUSS ICH FORT VON HIER

Roman C.H. BECK

Gesetzt aus der Legacy Serif im Verlag C. H. Beck | Druck und Bindung: Pustet, Regensburg | Gedruckt auf säurefreiem, alterungsbeständigem Papier | (hergestellt aus chlorfrei gebleichtem Zellstoff) | Printed in Germany | ISBN 978 3 406 57690 4 | *www.beck.de*

Für Nora

Frau aus dem Rachen eines Krokodils gerettet

Darwin – Ein zweieinhalb Meter langes Salzwasserkrokodil ist überraschend im Süßwasser eines australischen Flusses aufgetaucht und hat eine Frau angefallen. Ihr Ehemann sprang auf den Rücken des Tiers, das die Beine der Frau tief im Maul hatte, und stach ihm in die Augen. Das Krokodil gab sie frei. Sie zog sich tiefe Bisswunden zu. Im Fernsehen sagte die Frau, sie habe nie bezweifelt, dass der Mann, mit dem sie seit siebzehn Jahren verheiratet ist, sein Leben riskieren würde, um ihres zu retten. *dpa*

Gefährte. Geliebter. Gestürzter. Gespenst geworden. Im Traum träume ich vom Krieg. In der Londoner Untergrundbahn fallen die Kinder tot um. Bunt gekleidete Kinder mit gehäkelten Mützen. Gleich kommt der Krieg, wir hören ihn schon. Wir stehen voreinander. Keiner weiß, in welche Richtung er laufen, wo er sich verstecken soll. Ich wähle den Fluchtweg zum Meer, durch die Keller der hohen Häuser. Du willst bleiben, bis der Krieg kommt. Warum kommst du nicht mit. Flieh mit mir. Richtung Meer. Zu spät. Nicht mal richtig fliehen kann man. Selbst da noch unentschlossen. Verzögert. Wie wird man den Gedanken los. Kann man ihn abhängen, ihn verlieren. Ihn auslöschen durch Nicht-mehr-Denken. Wie geht das. An der Bordsteinkante. Du im blauen Wintermantel mit dem hellblauen Hemdkragen darunter, wie eine Abendglocke. Ich einen Bordstein unter dir. Abschied. Arme umeinander geschlungen, festgezogen. Den Kopf hin und her geworfen. Abendküsse. Abschiedsküsse. Die neue Freiheit. Autobahn. Am Ende der dunklen Straße winkt eine Frau im Kostüm. Mit schmalen Lippen und verrutschten Brüsten unter einem lila Pullover. Eine Ratte, die von der Sehnsucht der anderen zehrt. In einem fremden

Wohnzimmer soll ich buchstabieren, was Glück und Liebe ist. Ich halte mich für komplett verrückt. Die Ratte mit dem eingefallenen Mund taxiert mich und meine entfallene, verlorene und ersehnte Liebe mit fachmännischem Blick. Ich bin es wert, in den Kreis der Suchenden aufgenommen zu werden. Sieben von zehn Anrufern werden in der Zentrale in Bielefeld abgelehnt. Was macht sie wert, geliebt zu werden. Viertausendfünfhundert bis neuntausend Euro kostet die Vermittlung des Glücks. Für Frauen ab eins fünfundachtzig und Männer unter eins siebzig wird es teurer. Für Menschen, die sich in einer noch nicht verarbeiteten Partnerschaft befinden, ebenfalls. Ich aber gehe für 4,5 weg und soll den Vertrag gleich jetzt unterschreiben. Heute noch. Heute Nacht noch. Contact GmbH. Sie taxiert mich als einen ganzheitlich visionären Menschen, in einer Schutzhaltung. Aha. Also. Schließt auf Verletzung. Die Arm-, und Beinstellung. Das sollte ich mal beobachten. Bin ich am Ende einer ganz und gar trostlosen Welt angelangt. November in Deutschland. Auf dem Messingschild steht ihr Name, an der Garderobe eine einsame rote Jacke. Weg hier, ich bin auf der Flucht. Schlafend auf der Autobahn. Die Polizei winkt die Wagen heraus. Sie können mich gleich mitnehmen. Wegen Schläfrigkeit am Steuer. Wegen Fahrens bei innerem Tod. Wie eine Novembertote fahre ich durch eine Lichterstadt, die mir nichts zu sagen hat. Das Einzige, was ich nicht versäumen darf, ist abzubiegen. Immer wenn ich durch den Tunnel Richtung Mollstraße fahre, denk ich an Lady Di und trete auf die Bremse. Hier also ist sie umgekommen. An so einer Betonwand ist sie also umgekommen. Der Wagen Schrott. Kein Drama in der Stadt. Nachts fahre ich durch beleuchtete Röhren und pralle gegen keine Wand. Die letzte große Freiheit. Das Autofenster, heruntergelassen. Musik. Viel zu laut. Das Telefon klingelt. Der Name des Kindes. Ja. Einen Döner bitte und eine türkische Pizza. Ausnahmsweise. Weil es Freitag ist. Der Türke spricht mit mir und greift mit einer silbernen Zange nach Tomaten. Ich könnte fliehen. Ich will deine Stimme hören. Jetzt. Ich bin verloren. Der Türke fragt mich etwas. Ich kann nicht antworten. Geh ran. Ich will jetzt deine Stimme hören. Es ist untersagt, über die Liebe zu sprechen. Von einem Tag auf den anderen. Untersagen. Gestern noch. Dein. Geliebter. Du mein. Ich dein. Ich höre mich sagen. Hast du einen Kalender. Ja. Dann schreib dir den siebzehnten November ein. Das ist wichtig. Ein Konzert, ja. Wo bist du. Ist das alles. In einem Dönerladen. Ja. Dann einen schönen Abend. Dir auch. Das ist doch alles falsch. Wer hat mir meinen Stolz geraubt. Nur um deine Stimme zu hören, erniedrige ich mich an der Theke eines Dönerladens. Das ist doch erniedrigend, sagt der Freund. Gern zehren die Menschen, die Freunde, denen es selber nicht gelingt, von dem Unglück der anderen. Ich wickle mich in graue Decken ein und sterbe auf einem weißen Sofa. Tod durch innere Starre. Immer geht eine Gewesene in mir. Ein Schatten verfolgt mich. Und deckt mich zu. Eine müde Trauer. Für wen bin ich da, an wen denke ich. Jetzt, wo du nicht mehr bist, soll ich an mich denken. An mein Kind. Eine neue Freiheit. Ich freue mich, dass auch Uma Thurman von Ethan Hawke verlassen wurde, dann bin ich wenigstens nicht allein. Er hat ihr immer Tee mit Zimt und Sahne geholt. Du hast gesagt, du weißt nicht mehr, ob du mich liebst, und das mit der Hochzeit und der Liebe könntest du jetzt nicht mehr aufrechterhalten. Aber gern würdest du mit mir wandern gehen oder ein Bier trinken. Auch ins Kino gehen. Nicht mehr aufrechterhalten. Was sind das für Novemberworte. Es war mitten im Sommer, auf einer Wiese, die Lustgarten heißt. Ich kann diesen Lustgarten nicht mehr sehen. Nie mehr werde ich an diesem Brunnen sitzen und küssen. Meine Knöchel werden weiß. Die Hände werden weiß. In mich fällt Schnee. Jede Wärme geht, sie lässt sich nicht mehr aufrechterhalten. Ich kann mich nun nicht mehr aufrecht halten. Du nimmst meine Hand, wie die einer Toten. Du hast noch genau fünfundzwanzig Minuten Zeit. Drei Jahre werden in fünfundzwanzig Minuten beseitigt, wenn ich mit dem 100er Bus am Lustgarten vorbeifahre, wird mir schlecht. Ich wende den Kopf ab. Ich bin genau unter diesem Rasen begraben. Die Stadt erhält ihren eigenen Liebesplan. Die Hälfte der Orte ist verbrannt. Nicht mehr zu betreten. Erinnerungsgefahr. Verletzungsgefahr. Größere Teile der Erinnerung können in die Gegenwart einbrechen und mich erschlagen. Von den Himmeln. Von den Dächern. Von den Bäumen.

Ich muss mich bestrafen für mangelnden Stolz. Wer hat mir den Stolz ausgetrieben. Die Rache. Die Wut. Mit Nägeln, mit Messern die Ratlosigkeit deines Gesichts durchschneiden. Die Hauthülle zerreißen, einen Schnitt unter die Haut. Was ist darunter. Ein Gewebe von Lügen. Wer bist du. Warum reißt du mich in eine solche Verwirrung. Du rauchst ganz viele Zigaretten. Eine nach der anderen. Blaue Gauloises. Die leeren Schachteln schmeiße ich in den Papierkorb. Kalter Rauch in meinen Räumen. Eben noch musst du hier gewesen sein. Kein Zeichen, kein Wort. Kein winziger Buchstabe. Ich suche unter dem Kopfkissen, den Papieren. Unter dem Tisch, unter dem Boden. Kein Wort geschrieben. Kein Wort geblieben. Wie kann man so wortlos gehen. So grußlos. Im Aschenbecher eine Zigarette, ein schwarzes Streichholz. Verbrannt. Hier bleibt nur noch Asche. Ruß und kalter Rauch hängen in meinen Räumen. Wie soll ich wieder wohnen. Ich muss wieder wohnen. Wer werden, wer sein. Der nur ich bin. Ich soll ohne Liebe leben jetzt. Weil du nichts mehr lieben willst. Nur dich. Ich sammle dich von der Straßenkreuzung Ecke Kaiser's ein. Du stehst davor, in diesem dünnen Mäntelchen, das wir gemeinsam gekauft haben. Ich könnte dich gleich so mitnehmen. Von der Straße aufsammeln. Dich wärmen, dich baden, dir zu essen geben. Deine Haare schneiden. Dir Gedichte vorlesen und dich küssen. Du steigst ein. In deinen Händen zwei Paletten Kohlen. Es ist alles zu spät. Ich setze dich vor deiner Wohnungstür ab. Einen Kuss zum Abschied. Deine Fenster sind zersprungen. In deiner Wohnung wohnen dicke Katzen und liegen Geliebte. Ich kann sie nicht betreten. Du stehst da mit deinen Kohlen und wirst deine kaputten Öfen heizen. Kalter Rauch. Wind durch die Scheiben. Was wissen wir voneinander. Nichts mehr. Ich bin erleichtert. Ich lasse dich zurück. Dein Bild wird blasser. Ich schaue nicht zurück. Ich kann auch durch diese Straße nicht mehr fahren. Auch verbrannt. Ausradiert. Die Stadt wird immer enger. Ich drehe mich nicht um. Ich starre geradeaus. Die Choriner Straße, die Lottumstraße, der Zionskirchplatz. Alle diese Namen muss ich von dem Stadtplan streichen. Ich wage nicht, mich umzusehen. Ich habe Angst, dich dort zu treffen. Mit einer Geliebten im Arm, die Natascha oder Nadine heißt. Alle Mädchen fangen mit N. an. In deinen Hosentaschen, in deinen Brieftaschen, in deinen Manteltaschen, im Handschuhfach stecken Briefe und Zettelchen von Mädchen, die dich küssen wollen. Sie schreiben sich bis in meine Wohnung hinein. Bis in meinen Kleiderschrank. Da liegen Worte von fremden Mädchen, die mit blauer Kinderschrift schreiben, ich warte auf deine Küsse. Die Worte sind aus deiner Hosentasche in meinen Kleiderschrank gefallen. Du hast sie vergessen, ich muss sie finden. Kannst du nicht aufpassen. Musst du alle diese Spuren zu mir tragen. Wie achtlos, wie fahrlässig, wie dumm du bist. Kannst du dir nicht, bevor du zu mir kommst, die Worte abtreten, die Küsse abwaschen, dir die Liebesmale vom Hals scheuern. Die du so unverschämt offen zur Schau trägst, dass mir die Farbe der

Male ins Auge dringt. Mir wird schlecht. Ich kann nicht sprechen. Sprachlos sitze ich vor deinem violetten Hals. Starre auf deine Haut. Wo hast du das her. Du sagst, im Konzert wäre jemand an deinen Hals gesprungen. Lügner. Alles Lügen. Ich reiße dir die Haut nicht auf. Ich kratze dir nicht die Augen aus. Weil das Kind liegt zwischen uns. Unter dem gleißenden Licht einer Lampe und bekommt Draht zwischen die Zähne gezogen. Du kümmerst dich rührend. Sie weiß nicht, woher diese Male kommen. An der Wand der kieferorthopädischen Praxis ringe ich nach Luft. Und stelle mich tapfer wieder her. Meine Erniedrigung hat bereits ihren Grenzwert erreicht. Es ist alles zu spät. Aber ich mache weiter. Ich gehe nicht fort, von dir. Weil du sagst, du liebst mich. Du brauchst mich. Du kannst ohne mich nicht leben. Du willst mich nicht verlieren. Du willst mit mir unter einer Decke schlafen. Du willst mit mir alt werden. Du willst mit mir nach Polen fahren. Nach Nowe Warpno. Einmal noch. Darum spucke ich dich nicht an und schlage dir nicht ins Gesicht. Weil du sagst, du liebst mich. Und ich ohne diesen Satz nicht leben will. Später kochen wir dem Kind Pudding und schauen einen Kinderfilm. Mitten im Satz sagst du: Mein Schwanz tut weh. Dieser Satz gehört nicht zu mir, denn du warst nicht in mir. Dieser Satz muss zu diesen Knutschflecken gehören, die nicht von mir stammen. Du verwechselst hier offensichtlich eine Realität. Vermutlich hast du mehrere davon. Reichlich. Ich habe nur diese eine. Und die fängt an zu verschwimmen. Ein einziges Schwimmen.

Wir waren noch einmal in Polen. An dem Ort, an den wir immer wollten. Aber auf dem kleinen Sofa in diesem polnischen Zimmer hast du dich abgewandt. Ich wollte das Licht ausmachen und deinen Körper in meinen nehmen. Dein weißes Unterhemd, deinen weißen Schlüpfer ausziehen. Dich bis auf die Haut bringen, zurückholen. Du hast das Licht wieder angemacht und weitergelesen. Darauf bestanden, zu lesen. Ein Buch zu lesen. Eine Lesereise. Du hast mich vermieden, nicht berührt. Mit mir in einem Bett gelegen, als wäre ich eine Fremde. Keinen Kuss. Keinen Sex. Den völligen Entzug. Den kalten Entzug. Hier bin ich, aber berühr mich nicht. Die ganze Zeit hat die Luft in Nowe Warpno nach giftiger Farbe gerochen. Dieser giftige Geruch steckt in meiner Nase. Wir haben dann viel rote Brause getrunken und in Seen gebadet. Aber du hast mich nicht berührt. Meine Haut nicht angefasst. Du bist neben mir gegangen wie eine Illusion. Als ich vom Schwimmen zurückkam, hast du mit deinem Telefon gesprochen. In der Zeit, in der ich unter Wasser war, hast du bestimmt Liebesworte an eine andere geschrieben. Auf dem gleichen Bootssteg, auf dem ich hier mit dir sitze, mir wird schlecht. Wie kann einem in einer Liebe so viel schlecht sein. Der Sommer ist jetzt vorbei. Ich weiß, dass ich nur noch zufällig an deiner Seite bin. Auf einem polnischen Bootssteg. Der Bürgermeister redet auf die dort sitzenden Alkoholiker ein und agitiert sie. Ich höre dem Bürgermeister zu und könnte mir vorstellen, seine Frau zu werden. Er macht einen stabilen, souveränen Eindruck. Er weiß, was er will. Ich sitze hier auf einem nassen Handtuch, mir ist kalt. An meiner Seite ein Junge, der immer gleichzeitig woanders ist. Ich bin abgefallen. Die Liebe, unsere, die innige, die wilde, ist fortgegangen. Wir können ihr nur noch hinterherschauen. Darum also sind wir bis über die Grenze gefahren. In einem Konsum kaufen wir Wurst, Bier, Brötchen und Zigaretten ein. Überlebensproviant. Wir wollten drei Tage bleiben. Daraus ist einer geworden. Die Fotos sind immer noch nicht entwickelt. Die letzten Fahndungsfotos einer abhandengekommenen Liebe. Wer belichtet unsere Momente jetzt. Herr Rossmann, Herr Schlecker. Hast du den Film in einer Schachtel. Verwechselst du die Bilder wieder. Vertauschst du die Leben jetzt. Fallen unsere Fotos von der Treppe, dem Schloss, dem See, der roten Brause auf den Boden eines nächsten Kleiderschrankes. Am gleichen Abend hast du deine schwarze Tasche genommen, deinen Rucksack, unser ganzes Urlaubsgepäck, das für einen langen Sommer reichen sollte, und bist den Berg hochgegangen. Weil da oben wohnst du nämlich. In einem Haus mit zersprungenen Scheiben und einer zerfressenen Kastanie vor dem Fenster. In einer Wohnung, an der dein Name steht. Erst klebte über deinem Namen ein Bild von zwei nackten Mädchen, die sich mit Zunge küssen. Das Bild von der Telefonzelle in Tokio. Du hast es an deine Tür geklebt. Der Hinweis für die Mädchen, die gekommen sind, um deine Lippen zu küssen. Unser erster Kuss um vier Uhr morgens in einer grauen Bar. Wir konnten nicht mehr aufhören. Whisky trinken, weiterküssen. Trunken von Küssen. Und trunken von Küssen tunkt ihr das Haupt ins heilige, nüchterne Wasser. Ihr holden Schwäne. Ich habe das Bild abgerissen von deiner Tür. Über deren Schwelle ich mich nicht mehr wage. Jetzt hängt ein Bild von Jack the Ripper an deiner Tür. Die Haare streng gescheitelt in der Mitte. Ein fieses Lächeln. Das also bist du. Zu dem gehst du, wenn du den Berg hochgehst. Ich wusste, dass du ein Mörder bist. Ritsch. Ratsch. Hast du unsere Liebe aufgeschlitzt. Es fließt kein Blut. Es wird nur still. Du verschwindest Ecke Sparkasse mit deinem Reisegepäck. Auf dem Berg wartet der Tod. Auch meine Bettdecke hast du mir weggerissen, die, von der du gesagt hast, wir wollen immer darunterliegen. Nackt unter einer Decke. Ein Zelt, eine Höhle, ein Haus, ein Lager. Ich habe den Bezug abgeknöpft, und du hast die Decke über den Arm genommen. Wegelagerer. Und bist damit gegangen, mit unserer Zudecke. Mit unserem Zuhause. Du hast die Wärme mitgenommen. Und unsere Füße, Beine, Arme, Rücken hast du auch mitgenommen. Unter der Decke, die mir geblieben ist, zieht der Nachtwind durch. Die Katzen zerreißen in der Nacht die Laken und springen über mein Gesicht. Respektlos geworden. Ich schreie sie an. Haut ab. Das Nachbarmädchen lacht mit greller Stimme durch meine Wand. Wieso lacht sie mitten in der Nacht. Hat sie Sex mit ihrem ebenfalls lachenden Freund. Vom Museum habe ich drei Fotos mitgebracht, ein offener Mund, der einen anderen offenen Mund küsst, ein verschwommenes blondes Mädchen in weißer Unterwäsche, ein aufgeschlagenes Bett. Diese drei Bilder habe ich in Kopfhöhe über meinem Bett angebracht. Mein Kind findet das porno. Er hat getan, als sähe er es nicht. Es ist eine Erinnerung. Ich muss mich mit der Hilfe von Postkarten an goldene Zeiten erinnern. Im Juni haben wir das letzte Mal miteinander geschlafen. Wir haben jetzt November. Keine Blätter mehr an den Bäumen. Der Sommer lange vorbei. Er hat gesagt, er würde jetzt mit keiner Frau schlafen. Welche von den Frauen bin ich. So liege ich unter meiner Decke, der kalten, weißen, wie auf der Wachstation. Auf meinem seidenen Hemd sitzen Papageien auf großen Blumen, die Früchte tragen. Ananas, Papayas, Kokosnüsse. Zum Einschlafen streichle ich mir über den Bauchnabel und die Scham. Ziehe die Hände um die Knie und habe Phantomschmerzen. Die Abwesenheit deines Körpers schmerzt brutal. Eine Leerstelle. Durch nichts zu ersetzen. Nur durch Kälte. Ich reiße das Fenster zum Hof auf, damit es noch kälter wird. Spürlos. Fühllos. Der Mann von Frau Reuss ist gestorben. Unten im Erdgeschoss. Meiner auch. Aber ich kann es meinen Nachbarn nicht sagen. Ja, meiner ist auch gestorben. Ach. Mein Mann ist auch gestorben. Er hat sich mitgenommen. Jetzt geht er umher, unsere Decke über den Schultern. Wenn Sie ihn treffen, nehmen Sie ihn mit. Er geht überall mit hin. Jetzt, wo es draußen so früh dunkel wird, fällt die Einsamkeit nicht so auf. Keiner weiß, wer allein im Dunkeln sitzt. Herr Brendel von gegenüber geht schon um fünf Uhr morgens mit leeren Plastiktüten aus dem Haus. Wenn es hell wird, kehrt er mit vollen zurück. Die stehen dann auf dem Balkon. Im Sommer riecht es aus den Tüten. Erst dachten wir, er hat seine Frau zerstückelt. Aber er hat keine Frau und keinen Kühlschrank. Darum die Lebensmitteltüten. Er hat ein ganz weißes Larvengesicht, auch er lacht durch die Wand. Er jauchzt in ganz hellen Tönen, mein Kind kann nicht einschlafen, weil Herr Brendel so einsam lacht. Von allen Seiten kichert es durch die Wände. Wenn das so weiterlacht, werden wir hier alle verrückt. Ein Mietshaus mit sonderbaren Menschen. Der Nachbar, da oben auf dem Berg, hat gefragt, ob er mich am meisten liebt. Weil ich immer lache. Da muss es doch einen Zusammenhang geben. Ich finde keinen mehr. Decke weg. Alles weg. Eines muss ich noch sagen. Es gab sogar einen November, da haben wir in der Abenddämmerung die Bettwäsche zur Mangel gebracht. An einer großen Mangel haben wir Laken und Kopfkissen gefaltet. Weil es so gut gerochen hat. Und die Bettwäsche lag dann übereinandergestapelt im Kleiderschrank. Jetzt sind die Stapel auseinandergerissen, und die Ordnung ergibt keinen Sinn mehr. Verstärkt müssen jetzt französische Sänger am Abend singen, um ein bisschen Stimmung ins Haus zu bringen. Weil du hast auch deine Stimme mitgenommen, die sanfte, die tiefe. Kein *shimmering*, kein *glimmering* mehr in mein Ohr gesungen. Mein Akkordeon muss ich auch nicht mehr auspacken. Die Hausmusik hat ausgespielt. Es ist still geworden.

Wie in einem Tempel. Die letzte wilde Musik, zu der wir, seid ihr denn verrückt geworden, getanzt haben, war die Musik von den zwei russischen Mädchen im Schneeregen. Wir haben uns umhergeschleudert, bis wir auf dem Boden ausgerutscht sind. Gesprungen auf den Boden, bis die Reinhardts von unten kamen, um zu klingeln. Und mit dem Besenstiel von unten klopften. Hilfe, ich will wieder tanzen. Ich habe Angst, in einem solchen Haus in Stille zu sterben. Unbemerkt und viel zu jung für einen solchen Tod. Haben die Nachbarn und hat die Briefträgerin schon bemerkt, dass ich jetzt wieder mannlos bin.

Weg. Was mach ich jetzt mit dem zweiten Kissen. In die Altkleidersammlung. Aufschlitzen. Träume hineinstopfen. Ich könnte jetzt diagonal schlafen oder in der Mitte. Über das ganze Bett geworfen. Aber mein Körper schmiegt sich an deinen nicht vorhandenen. Wer trinkt das Wasser aus den Flaschen. Die waren sonst in einem Zug geleert, von der Liebe war man ganz durstig. Heute Nacht klebt mir die Zunge am Hals, ich wache von einem brennenden Schmerz in der Kehle auf. Jemand drückt mir den Hals zu, die Luft ab. Raus hier, die Kälte fortsetzen. Ein einziges Trainingslager des Vergessens. Ertüchtigung. Disziplin. Ein einziges Zusammenreißen. Die Frau, die da läuft, die sich in den blinden Scheiben der leeren, ausgeräumten Geschäfte spiegelt, bin ich. Viel zu früh auf den Straßen. Es ist ja noch fast dunkel. Ich laufe mit den Hunden um die Wette. Es ist November, die gelben Blätter krümmen sich vor Kälte. Der Park mein einziger Vertrauter. Auf dem Ententeich ein Fischreiher. Ein Aufrechter, der hat es geschafft. Das mit dem Stolz. Wenn ich ihn sehe, wird der Tag gut. Wenn nicht, wird er so wie gestern. Jetzt hängt mein Glück schon von einem Fischreiher ab. So schnell kann man einen Menschen ersetzen. Bald spreche ich auch mit den Spatzen, bringe ihnen Brot und Krumen. Setze mich auf eine Bank und lasse mich einschneien. Mit den Spatzen. In meinen Taschen sind Haselnüsse für die Eichhörnchen. Auch sie Glücksbringer. Sie springen von Ast zu Ast und machen sich lustig über mich. Ich springe über Stock und Stein. Ein weißer Mond hängt über dem Morgenhimmel. Du fehlst. Du fehlst mir. Durch was kann ich dich ersetzen. Jetzt spreche ich schon mit den Tieren. Im Winter sind wir mit dem Schlitten den steilen Bunkerberg hinuntergefahren. Ich saß ganz vorn, mein Kind in der Mitte, du ganz hinten. Du wolltest lenken, mir war das nicht geheuer. Der Berg war vereist und steil. Jungen hatten ihre Schlitten zusammengebunden und sind den Berg heruntergerast. Du wolltest den Schlitten lenken, du wusstest nicht wie. Der Schlitten ist auf einen Metallpfahl zugerast. Immer schneller. Kopf oder Arm. Mit dem Arm habe ich die Wucht des Aufpralls abgefangen. Auf einem abgebrochenen Baumstamm sitzend, habe ich überprüft, ob noch alle Knochen dran sind. In der Aufnahmestation des Krankenhauses habt ihr gewartet, bis der Arm verbunden war. Du hattest keine Schuld, aber du hast gesagt, du lenkst den Schlitten. Ich habe dir vertraut. Jetzt sind auch die anderen Knochen zerschlagen. Vielleicht zersetzen sich die Knochen durch Nichtberührung. Zerstauben, zerfallen. Bei lebendigem Leibe zu Asche. Mein Körper klingt nicht mehr. Geräuschlos fällt er in sich zusammen. Wenn das so weitergeht, fallen die Knochen in sich zusammen, Klappern. Entleibt. So wie die Totengerippe, die als Talisman am Innenspiegel hängen. Auf dem Jahrmarkt geschossen. Ein Gespenst, das sich mit jedem Luftzug in jede Richtung bewegt. Wie ergeht es dir. Wie geht es dir. Wo bist du. Was machst du. Fragen, die man nicht mehr stellen darf. Was für eine grausame Tapferkeit zieht hier ein. Selbstertüchtigung auf beiden Seiten. Das Abtrainieren der Liebe, das Antrainieren der Einsamkeit. Das alles dient dem Überleben. Sei dir selbst der Nächste. Finde dich schön. Und wenn du dich gefunden hast, sei froh. Denk an dich, vergiss dich nicht. Achte auf dich. Lern dich kennen. Nutze die Erfahrung. Schaff dir alles vom Hals, was Liebe heißt. Schaff dir jede Beeinträchtigung durch Menschen vom Hals. Schaff sie alle ab. Du sagst, du willst allein sein. Ich wünsche dir eine nie da gewesene, ganz wunderbare Einsamkeit. Bis ans Ende deines Lebens. Am Hals wuchern dir die Haare den Nacken hoch, wenn du dich beugst, wachsen dir am Rücken die Haare nach oben. Wahrscheinlich wächst dir ein Fell. Ein dichtes. Du verwilderst, verfellst. Du lässt dir ein dickes Fell bis über beide Ohren wachsen. Unter dem kannst du dich bis zur Unkenntlichkeit verbergen. Ich schneide dir nicht mehr die Haare im Nacken. Auf dem Balkon, mit einer Zeitung auf dem Boden. Und mit der Haarschneidemaschine von Opa Walter, die ganz gefährlich klingt. Dein weißer Nacken, unbehaart. Zum Hineingreifen, zum Hinpacken. Die Zähne in deinen Nacken schlagen. Dich nehmen wie ein Wolfskind und dich zurück in meine Höhle tragen. Dich auf das Moos und die Äste legen, mit dir spielen. Sich reißen, beißen, die ganze Dunkelheit nehmen. Um Tier zu sein. Deine Zähne sind scharf und groß, sie hinterlassen Spuren auf meiner Haut. Mitten im Sommer Zweitausendeins gab es ein fast schwarzes Liebesmal auf meiner Schulter. Von deiner Gier, Vampir. Blutsauger. Meine Hand in deinem Rachen. Ohne Weiteres hättest du mir die Knochen durchbeißen können. Jetzt ist es so weit. Ich schreibe unter neue Nachrichten: Du fehlst. Und es ist eine Zumutung. Wie kannst du mir einen solchen Verlust zumuten. Wir wollen nicht mehr von der Liebe sprechen. Sondern erwachsene, lieblose Menschen werden. Fern von jedem Wahn. Wer stellt denn jetzt den Glanz in meinen Augen wieder her, wer sorgt für meine Lippen. Die werden immer schmaler. Ist das jetzt wieder eine Sache für Herrn Rossmann und Frau Schlecker geworden. Muss die Kosmetikindustrie für mein Strahlen, meine Haut und meine Haare sorgen. Die Haut löst sich von meinem Gesicht, an den Wangen offene Stellen. Mama, wie siehst du denn aus. Was ist mit dir passiert. Du hast ja überall Flecken. Da helfen keine Abdeckstifte, da hilft kein Teebaumöl, kein Joghurt, kein

Honig, keine Aloe vera-Masken. Da hilft jetzt aber nur noch Sex. Der macht die Haut schön. Aber ich finde in den Regalen zwischen Herz, Leber, Nieren, Haare, Schlaflosigkeit und Fieber keinen Sexpartner. Die Bauarbeiter pfeifen meinem Kind hinterher, das stolz auf so viel Aufmerksamkeit ist. Zu mir sagen sie, junge Frau, wie oft wollen sie das Auto denn noch rammen. Bei meinem Versuch, rückwärts einzuparken. Selbst den Bauarbeitern falle ich nicht mehr auf, sie pfeifen mir nicht mehr hinterher. Das sind die Zeichen der Abwesenheit. Du hast meine Haut mitgenommen, mich mit Haut und Haar mitgenommen. Wenn es gar nicht mehr geht, mache ich mir die Marilyn Monroe-Maske: geschlagenes Eiweiß mit Haferflocken. Unter der Maske spannt die Haut, ich könnte jetzt direkt von der Maske zum Set, auf meinen hohen weißen Schuhen durch den Wüstensand gehen. In der Hand einen Whisky ohne Eis. Die rot-weiß karierte Bluse kurz über dem Bauchnabel geknotet, braune Haut. Und meinen Hintern in einer Jeans, über den Knöcheln aufgeschlagen. Du, Cowboy, hilfst mir aufzusteigen. Das Pferd und ich galoppieren davon. Staubwolken hinter uns. Einer ausgeglühten Sonne entgegen. Auf Nimmerwiedersehen. Aber du siehst mich nicht. Unter der Maske spannt die Haut. Ich wasche sie ab, und mein Gesicht kommt wieder zum Vorschein. Das ist ja sehr ernüchternd. Natürlich schickst du keine Nachricht. Das Telefon piepst nicht mehr. Du fehlst mir. Das kann man nicht beantworten. Der Satz wird nicht angenommen. Er bleibt in der Maschine stecken, wird von einer dieser kalten Stimmen gefressen. Der Teilnehmer ist nicht zu erreichen. Der Satz schießt direkt ins All, kreist dort allein umher, kollidiert mit deinem teilnahmslosen Satelliten und fällt mir unerhört wieder vor die Füße. Ich sammle die Scherben dieses Satzes auf und lege sie zu den anderen. Ich habe schon ganz viele gesammelt. Die kann ich manchmal ansehen, ein wenig putzen und gegen das Licht halten. Sätze wie: UND DAVON NOCH MEHR UND LANG UND WIEDER. DANKE, DASS DU DA BIST. ICH WILL DICH KÜSSEN MEHR DENN JE, FÜR IMMER DEIN FREUND. MANN. LIEBSTE, ICH KÜSSE DICH IN DER SONNE. ICH LIEBE DICH, UND IMMER WENN ICH AN DICH DENKE, DANN IST DA GANZ VIEL LICHT. Wie lange sind diese Worte haltbar. Noch sind sie unter Posteingang gespeichert. Bald werden sie durch andere, grässliche überlagert. Komme später. Wird spät werden heute. Ich habe mich von diesen Worten ernährt. Wir haben uns den ganzen Tag mit Worten gefüttert. Mit guten Worten. Das Piepsen des Telefons und der blinkende blaue Brief. Das warst du. Du warst immer bei mir. In jeder Sitzung, im Abteil der Bundesbahn, an der Gefriertruhe von Lidl, beim Zahnarzt, auf der Autobahn, unter meinem Kissen, im Blechschrank der Garderobe von GoldsGym. Ich konnte den lieben Tag und die liebe lange Nacht auf Worte von dir stoßen. Die haben mich genährt. Mich am Leben gehalten. Mich schneller gehen lassen. Mein Herz, ich konnte es hören. Man kann das hören, wenn das Herz vor Freude springt, an die Rippen schlägt. Umherhüpft. Nur alte deutsche Volkslieder singen noch von singenden, hüpfenden, springenden, auch gebrochenen Herzen. Jetzt ist es herausgehüpft. Zersprungen. Auf den Boden gefallen. Es klopft, es schlägt nicht mehr. Keiner hatte so schöne Worte wie wir. Du sprichst nicht mehr. Um Gottes willen, hat Ihnen niemand gesagt, wie lebensgefährlich diese Ernährungsweise ist. So naiv kann man doch nicht sein. Die kann man doch an jedem Ort der Welt herstellen. Man muss sie nicht mal leben. Davon geht eine große Gefahr aus, von diesen Irrläufern, die in den Telefonen der Wortgeber und Wortnehmer kursieren. Da sind schon Ehen zerbrochen, Züge entgleist, Kinder verunglückt. Weil es da keine Kontrolle mehr gibt. Das ist ein völlig unkontrollierter Vorgang geworden. Da bietet die Technik keinen Schutz mehr. Ganz im Gegenteil. Die Worte verselbständigen sich und enttarnen sich unter falschen Nummern. Der Mann, der eben noch Ehemann war, wird zum Geliebten einer fremden Frau. Weil er sich in der Tastatur geirrt hat. Welch ein Glück der Offenbarung. Es gibt keine Hindernisse mehr. Der Leichtlebigkeit der Worte ist Bahn gebrochen. Sie kosten nichts, sie bedeuten nichts. Null Komma drei Cent für eine Nachricht. Abschaffung.

Weite Wege sollen sie gehen, die Geliebten. Durch Eis und Schnee, durch vier Jahreszeiten. Hungern und dursten sollen sie, siebenköpfige Drachen töten, in Hecken stecken bleiben, sich die Haut an den Dornen blutig schürfen, Rätsel lösen, Schwänen die Federn zählen, Stroh zu Gold spinnen, blaue Blumen finden, dem Tod ins Gesicht sehen, die Formel finden. Dann erst dürfen sie kommen, barfuß mit abgerissenen Kleidern, die Haare bis zum Boden gewachsen, dann sollen sie die drei Worte aus ihren Herzen schälen, die Hände öffnen und sie sprechen: Ich liebe dich. Leichter dürfen sie nicht mehr gesagt werden. Wenn es weniger von der Sprache und mehr von den Wegen gäbe, wäre alles gut. Ich würde dir entgegengehen, auch barfuß durch eiskalte Flüsse. Ich würde allein durch düstere Wälder gehen, ohne Mond und Streichhölzer, ohne Nahrung. Ich würde Schlehen und Hagebutten essen, mir Nägel und Haare wachsen lassen, ich würde mit den Wölfen heulen, Bären töten, wenn ich nur den Weg zu dir fände. Ich würde mir Kleider aus Papier und Gras nähen und so lange laufen, bis ich dich sehen kann. Wir treffen uns in den Vogesen, und ich wickle meine Worte aus. Ich liebe dich. Wir tauschen unsere Schätze und gehen gemeinsam weiter. Gehalten von dem roten Band, an das die Liebenden in Takeshi Kitanos Film geknüpft sind. Wir gehen durch vier Jahreszeiten, bis wir nicht mehr können. Aber wir schaffen es nicht einmal, die Mondfinsternis, den einzigen roten Mond in diesem Jahr, vom Dach unseres Hauses zu sehen. Wir lassen alle Wunder aus Trägheit vergehen. Eine totale Mondfinsternis war in der Nacht zum Sonntag in Teilen Europas zu sehen. Totale Mondfinsternis bedeutet nicht, dass der Erdtrabant gar nicht mehr zu sehen wäre. Vielmehr strahlt er in rötlichgrauer bis purpurroter Farbe. Sie entsteht, wenn Staub das Licht in den Schattenkegel lenkt. Das purpurne Licht ist an uns vorbeigezogen. In bleierner Schwere bin ich gegen drei Uhr morgens auf dem Sofa erwacht. Ich habe den Weg zu meinem Bett gefunden und mich hineinfallen lassen. In mein jüngstes Grab, unter einem roten Mond, den ich in dieser Stadt, die voller Häuser und einsamer Abwesender ist, nicht sehe. Lass es uns aufgeben. Wenn du nicht erwachst, um mit mir einen roten Mund, einen roten Mond zu sehen. Geh nach Hause. Geh aus meinem Leben. Nimm deine Decke, deine Hausschuhe, deine bespielten Kassetten, deine weißen Sommerhemden, deine Farben, dein Bügeleisen mit. Nimm alles mit. Ich schaue mir, wenn ich nachts wieder auf die Dächer steigen kann, ohne Angst zu haben, hinunterzustürzen, meinen eigenen, nächsten Mond an. Spreche ich eben mit dem Mann im Mond, der in deinem Schatten sitzt. Am Abend finde ich mein Kind in seinem Zimmer, Girlanden aus Herzen ums Bett gespannt. Auf dem Kopf trägt es eine rote Mütze, tief ins Gesicht gezogen. Darunter die Haare auf Papier gewickelt, um sich Locken zu erschlafen für den nächsten Tag. Ich küsse mein zartes Kind und will es gerne beschützen. Aber das wird nicht gelingen. Schon jetzt nicht mehr. Schon stehen die Killerbarbies und die Barbie-Kens vor der Tür. Bevor sie einbrechen, lese ich noch schnell die Geschichte von der Maus vor, die am Freitag Zwiebelfisch kocht. So sind wir für heute Abend vor Schmerzen sicher. Ich dachte auch bis heute, dass es heißt: mit Rosen und Näglein bedeckt. Ich war mir ganz sicher, dass es in der Nacht vom Himmel Rosenblätter und stählerne Nägel nur so herabregnet. In jedes Bett, auf jeden Sünder. Näglein aber ist die Koseform für Nelken. Dann ist ja alles gut. Dann können wir ja schlafen gehen. Alle Lichter aus. Die Heizung aus. Die Tür verschließen. Damit keine Mörder, Monster, Gespenster hereinkommen. In unser Haus. Sie sind ja schon drin. Ich habe den Wecker auf halb fünf gestellt. Den roten Zeiger nach vorn gerückt. Um die Nacht zu überlisten. Traumlos ist sie an mir vorübergegangen. Hat mich da hinterlassen, wo sie mich gefunden hat. Kein Engel ist erschienen. Früher standen die Engel noch auf den Fensterbrettern, im Kinderzimmer, haben sie den Fensterladen aufgemacht, an die Scheibe geklopft und gewunken. Komm mit. Flieg mit mir eine Engelsrunde um den Hof und die Weißdornbäume. Ich bringe dich zurück. Noch im Halbschlaf schiebt sich der Tag wie eine Handvoll Mikadostäbe über die Augen. Man mag sie gar nicht öffnen. Der Tag eine Bewältigung von Pflichten. Ein Abarbeiten von To-do-Listen, wie kam dieses Wort zu uns. Überall Papiere, auf denen Dinge stehen, die getan werden müssen. Menschen müssen angerufen werden, auch wenn man kein Wort sprechen will. Sich für ganz und gar sprachlos hält. Wie war die Welt vor der Ankunft der Telefone. Sie muss doch funktioniert haben. Einen Großteil des Tages spricht man mit Telefonen. Mein Kind spricht ganz schnell in das tragbare Telefon.

Es klingelt, und andere Mädchen sprechen ebenfalls ganz schnell. Eine einzige Sprachverwirrung. Briefumschläge, die ungeöffnet bleiben, sich stapeln auf den Tischen, mit Beträgen, die bezahlt werden müssen. Briefe von der Bank, die ich nicht öffne. Von Vertrieben, Versicherungen, Gesellschaften, Unternehmen, Kanzleien. Nicht ein einziger Menschenbrief mit einer richtigen Handschrift darunter. Keine Tinte mehr auf dem Papier. Keine persönliche Anrede. Ich will den Briefkasten nicht mehr öffnen. Die Postfrau kann die alle wieder mitnehmen, zurückschicken. Sie weiß doch am besten, wo die hingehören. Zu mir gehören diese Anschreiben jedenfalls nicht. Nur mein Kind bekommt Menschenbriefe, liebevoll bemalt, mit Bildern beklebt. Engbeschriebene Seiten in roter und hellblauer Schrift. Es bricht jetzt eine wortlose Zeit an. Lass uns einander vorlesen. Geschichten vom *Land der Dämmerung.* Einmal, als ich ganz müde von der Trennung, dem Abschied, der Wut war, bist du noch einmal gekommen. Du hast an die Tür geklopft, ich habe sie geöffnet und dich hereingelassen. Du bist über meine Schwelle getreten. In blauen, kalten Kleidern. Du siehst abgerissen und erkältet aus. Die Schnürsenkel deiner Schuhe sind gerissen und verknotet. Deine Schuhe lösen sich vom vielen Gehen auf. Deine Hände sind rissig und schauen aus meiner Jacke heraus, die du jetzt aufträgst, bis sie dir von den Schultern fällt. Ich habe dich umarmt. Wir haben einen Tee gekocht und Brote gemacht, sie geviertelt, und auf einen Teller gelegt. Du hast dich neben mich gesetzt und mir Märchen vorgelesen. Ich hatte die Wahl zwischen *der Puppe Mirabell, der kleinen Elfe mit dem Taschentuch und dem Land der Dämmerung.* Ich habe mich für Letzteres entschieden. Eine große Traurigkeit liegt unter der Erde. Kinder, auf der Suche nach weißen Lämmchen, fallen in einen todesähnlichen Schlaf. Deine Stimme berührt mich, sie tröstet mich. Heile meine Traurigkeit. Aber du kannst ja meine Trauer nicht heilen, du hast sie ja mitgebracht. Aber Linderung. Lindern kannst du sie. An diesem Abend, mit diesem Märchen und dem Klang deiner Stimme. Es ist lange her. Jetzt lese ich die Bücher allein. Sie stapeln sich aufgeschlagen um mein Bett herum. Bücher und Zeitungen, meine Gesellschafter.

Jetzt steht der Winter vor der Tür. Die Kälte kriecht durch die Wände. Auf den Dächern liegt der erste Reif. Bald gibt es die ersten Toten. Erfroren. Erstarrt. Zu Eis geworden. Die Besitzer der Restaurants stellen Schalen mit Feuern auf, an denen man sich nicht wärmen kann. Vor Netto sitzt ein weißer Hund in einem roten Mantel, der bis zum Boden reicht. Jemand hat ihm diesen Mantel angezogen. Du hast Kohlen bestellt und kannst nun den ganzen Winter vor der Glut deiner Öfen sitzen. Dir die Hände an den Kacheln wärmen und am Morgen die Asche auf den Kastanienhof tragen. Der Wind fährt in die Asche und trägt sie bis zu mir. Sie legt sich auf meine Kleider, die ich zum Auskühlen auf den Balkon trage. Es wird zu einer Frage von Kälte und Wärme. Bald kommen wir auf Weihnachten zu sprechen. Auf den ersten Tannenbaum, den wir in unser Haus tragen. Eine Nordmanntanne, aus Skandinavien, sagt der Händler. Der die wilde Tanne mit einem weißen Netz bändigt. Wir tragen die Beute. Einer hält die Spitze, der andere den Stamm. Die Tanne schaukelt wie ein erlegtes Reh zwischen uns. Sie wehrt sich und schneidet unsere Hände mit ihren Nadeln auf. An der Kreuzung, Ecke Danziger, ist dein Gesicht verzerrt. Warum siehst du so wütend aus, so böse. Ich will nicht mit dir Weihnachten feiern, wenn du dir jetzt schon auf die Lippen beißt und mit den Zähnen malmst. Du sagst, du hasst Weihnachten. Jetzt stehen wir da mit dem Baum, an der Straßenkreuzung, die so zugig und hässlich ist. Der beste Ort für solche Geständnisse. Wir können den Baum auch auf die Straßenbahnschienen legen und von der Zwanzig überfahren lassen. Dann machen wir eben Kleinholz aus deinem Hass. Der aus Kindertagen kommt. Mit eiskalten, blau gefrorenen Händen, stumm vor Missverstehen, tragen wir den Baum, der alles mitbekommen hat und ganz still geworden ist, die Treppe nach oben. Er wird auf den Balkon gestellt und friert da vor sich hin. Am Weihnachtstag willst du mir unbedingt ein Video zeigen. Du spulst vor und zurück, bis du das Bild gefunden hast. Eine Frau in einer Kirche zündet Kerzen an. Der Raum ist voller leuchtender Kerzen und weißer Tauben. Die Frau betet. Dann gibt es ein Maschinengewehrmassaker. Jemand kommt und schießt die Kerzen, die Tauben, die betende Frau tot. Alles ist voller Blut. Mein Kind hört das Ave Maria, und du richtest ein Blutbad an. Mit einem großen Küchenmesser zerschneiden wir den Stamm. Solange, bis er passt. Mit der Straßenbahn fahren mein Kind und ich zum Baumarkt. Allein, um einen Weihnachtsbaumständer zu suchen. Den letzten, kurz vor zwölf. Du willst auf keinen Fall dabei sein. Das muss ein Trauma sein. Das Fest und du. Aber den Baum schmücken wir gemeinsam. Mit goldenen Kugeln, die wir in Mainz in einem kleinen Laden ausgewählt haben. Auch ein Brautpaar ist dabei. Ein weiß-goldenes. Das haben wir im einzigen Liebessommer Zweitausendeins in einer Nebenstraße in Stralsund in eine Schachtel packen lassen. Jetzt schlagen wir das Seidenpapier auf, Mann und Frau sind ganz geblieben. Zerbrechlich schaukeln Braut und Bräutigam in den Tannenästen. Noch ist alles gut. Wir essen Weißwürstchen mit süßem Senf und Kartoffelsalat. In der St.-Gertrud-Gemeinde singen wir um Mitternacht Stille Nacht, Heilige Nacht. Es sind die Stimmen der alten Frauen, der alten Männer, Witwen und Witwer, der wenigen polnischen und deutschen Familien, die den Nachthimmel ansingen. Der hat Erbarmen und schneit auf die kleine Gemeinde hinab. Mit Schnee kommen das Kind und ich nach Hause. Du sitzt auf dem Sofa, liest und trinkst roten Wein. Ich weiß, du hast die Einsamkeit genossen. Es wäre besser, wir wären die ganze Nacht durch den Schnee gelaufen. Langsam wird dir das Leben unbehaglich, du tendierst zur Flucht. Lange kann ich das Haus nicht mehr aufrecht halten. Ich spüre, wie die Wände sich öffnen. Das Lebkuchenhaus geht aus den Fugen, der Puderzuckerguss reicht nicht mehr. Die Dachziegel aus Lakritz und Mandeln fallen herunter, die Fenster aus bunten Smarties brechen heraus. Gleich stürzt es ein. Du willst jetzt hier augenblicklich raus. Ich hefte mich an deine Fersen. Die Straßen sind vereist, meine grünen Lackstiefel sind viel zu hoch und rutschig für dieses lebensgefährliche Wetter. Du bist unnahbar. Mit wehendem, dünnem Mantel stürmst du die Straßen hoch. In eine mir unbekannte Richtung. Du bist mir fremd. Du gehst zu schnell. Es ist die erste Nacht, der erste Weg, an dem du meine Hand abstreifst. Ich rudere mit den Armen, die Eispfützen springen. Schwarzes Wasser tritt über die Ränder. Wir kommen in eine Bar. Es ist der erste Weihnachtstag. Ein Mann und eine Frau bestellen einen Whisky. Der Mann hat die Frau am dreiundzwanzigsten Mai gefragt, ob sie ihn heiraten will. Sie ist ihm um den Hals gefallen und hat Ja gerufen. Zwei Tullamore Dew, bitte. Du sprichst von deinem Wunsch nach Einsamkeit. Du möchtest allein sein. O.k. Ich sehe immer alles ein, wenn du nur nicht wegläufst in dieser Nacht. Ich nicke erwachsen und verständnisvoll und könnte dich wegstoßen. Wir spielen hier das Spiel von der Liebe. Mann wünscht Alleinsein in der Heiligen Nacht. Der Frau schlägt das Herz bis zum Hals vor Angst, aber sie verweigert ihm diesen Wunsch nicht. Holt noch um ein Uhr in der Nacht das Geld für den Whisky vom Automaten. Verabschiedet sich und geht zur Tür hinaus. Mit geradem Rücken.

Das ist der erste Verrat an mir und dir, das ist der erste Betrug an dir und mir. Es wird nie mehr so sein, wie es war. Du hast mich einfach weggeschickt. Mich, deine Frau. Noch kann ich nicht wissen, dass einige Straßen weiter deine erste Geliebte wohnt, mit der du gegen die Einsamkeit kämpfst. Noch gehe ich durch den Eisregen, ich falle, rutsche die Straße hinunter. Taste mich an dem rauen Putz der trostlosen Häuser nach Hause. Weine und weine, die Tränen gefrieren in meinen Augen. Ich bin dumm, untröstlich und offensichtlich ohne Stolz. Du lässt mich durch die Nacht gehen. Jeder Mörder könnte mich in einen Hauseingang ziehen. Das Geräusch meiner grünen Lackstiefel lockt sie doch alle an, die Verbrecher. Ich nehme die Schuhe in die Hand, und gehe barfuß weiter. Schwarzes Wasser schwappt in mein Herz. Du beschützst mich nicht mehr. Das weiß ich. Kein Mantel aus Schaffell legt sich um meine Schulter, kein schwerer Arm zieht mich in seine Obhut. Ich lebe nun mit einem einsamen Fremdgänger. Im Morgengrauen kommst du nach Hause. Du sagst, du hast Bier getrunken. Ich kann dir nicht das Gegenteil beweisen. Meine Wangen brennen von deiner Lüge, ich werde rot vor Scham. Und schweige. Deine Fußsohlen sind kalt. Du schiebst sie in meine. Du legst deine Hand um meinen Bauch. Aus diesem Griff komme ich nicht mehr heraus. In dieser Heiligen Nacht tritt die erste Schwärze in unsere Freude.

Heute Morgen war ich auf dem schönsten Platz dieser Stadt. Kinder mit Violinen unterm Arm. Ich stolpere morgentaub über die Bordsteinkante. Sitze in einem Café und versuche, die Splitter unserer Liebe zusammenzutragen. Lege ich sie aber nebeneinander, ergeben sie keinen Sinn. Es könnte immer so weitergehen, geht es aber nicht. Der Platz ist eingerahmt von zwei Orten, die zu uns gehören. Zur Linken das Hilton, zur Rechten der Dom. All die Stufen hinaufgestiegen, die Stadt unter uns, das Glockengeläut. Für uns. Glocken hinter den Wolken. Früher Sommer. Ausgewählt, hinter welchen Fenstern, Fassaden, Mauern wir von nun an wohnen. Jede Himmelsrichtung konnten wir ausschreiten. Mit den Fingerspitzen über die kupfernen Stadtpläne tasten. Sich die Blindenschrift mit geschlossenen Augen vorlesen. Du drehst dir im Windschatten eine Zigarette. Tabakkrümel im Mundwinkel. Unsere Münder sind vom Küssen rau, die Lippen immer beieinander. Die Zungen umschlungen. Wir sprachen auf diesem windigen Turm über der Stadt von Vanilleeis. Silberne Löffel voll Vanilleeis ziehen sich durch meinen Mund, wenn ich nach oben schaue. Jetzt stehen Touristen in Kaschmirmänteln und verspiegelten Brillen auf unserer Sternenwarte und überprüfen die ewige Anwesenheit der Stadt. Ich bin um die Hälfte meines Gewichts gebracht. Der Wind schlägt mich gegen die mageren Ahornbäume. Jedes Paar, das ich sehe, Hand in Hand, Schulter an Schulter, schmerzt. Ich schaue ihnen heimlich nach. Wie sie jung und schön miteinander gehen.

Ich wünsche ihnen Pech und Schwefel. Kein Erbarmen. Es gibt Kriegerwitwen und Liebeswitwen. Ich kenne zu viele Unerlöste. Gegenüber das Hotel Hilton. In einer Nacht, in der wir kein Bett fanden, sind wir mit dem überforderten Taxifahrer von Hotel zu Hotel gefahren. Niemand wollte uns aufnehmen. Um vier Uhr morgens endlich kaufe ich mit meiner American Express Card ein Bett für uns. Wir fallen ineinander. Die Gier treibt unsere Körper zusammen. Weiße Laken, kurzer Schlaf. Eingedrungen in die Welt der Reichen, um uns zu lieben. Der Fahrstuhl spiegelt unsere aufgelösten Gesichter. Die Mitfahrer in den Anzügen und Kostümen müssen doch riechen, dass wir maßlosen Sex hatten. Wir verzichten auf das Duschen, um den Geruch des anderen den ganzen Tag wie eine Trophäe auf der Haut zu tragen. Auf unseren Tellern gebratenen Schinken, Würstchen, Rühreier und Spiegeleier. Schwarzer Kaffee und Orangensaft. Das Frühstück wird unser Liebesmahl. Liebesritual. In unseren Körpern ist so viel Lust, dass wir alles mitverschlingen. Uns, mit Haut und Haar. Portionen von gebratenen Tauben, gebeizten Hirschen, Entenleber, Nackensteaks. Roten Wein und weißen Wein. Nach dem Fleisch. Vor dem Fleisch. Wir ernähren uns ausschließlich von Fleisch, es mangelt uns an nichts. Wir sind im Schlaraffenland. Der Dielenboden ist unser Bett. In unseren Rücken stecken Splitter, wir schieben uns über den Boden, mit den Nägeln suchen wir Halt an der Wand. Putz, Mörtel und Staub wirbeln wir auf. Schweiß rinnt uns über die Brauen. Die Haut wechselt ihre Farben. Deine Zähne in meiner Brust. Mit nassen Haaren schlafen wir am Mittag ein. Durch die Vorhänge fällt weiches Licht. Dieses Sein erhält sich in unserem Bann. Weiße Tage. Von solchen gab es später weniger. In diesem Sommer standen wir unter dem Schutz der Sonne. Der Pfarrer, den wir aufsuchten, um Gott um seinen Beistand und unsere Vermählung zu bitten, legt seine Hände auf unsere Stirn. Getragen von so viel Glück waren wir unverwundbar. Der Weg von der Flügeltür bis zum weißen Sofa war der Kirchgang. Das Kind spielt den Priester. Sie hält die Hände auf. Wir müssen unter ihren Augen den Schritt so lange üben, bis wir im gleichen Rhythmus gehen. Keiner zu schnell. Der Titel Nummer fünf ist unsere Hochzeitsmelodie. Wir können sie mitsingen und bekommen Herzklopfen. Die Blumenmädchen zerpflücken weiße Taschentücher und müssen sich beeilen, uns noch in ihrer Jungfräulichkeit zu begleiten. Du hältst mir feierlich den Arm, und ich schreite an deiner Seite. Ich bin so stolz, einen so schönen Mann wie dich an meiner Seite zu haben. Wir tauschten die imaginären Ringe, ohne zu lachen. Und küssen uns unter den Blicken des Kindes auf den Mund. Die Ehe vollzogen. In dem grünen Buch, das der Pfarrer uns zur Vorbereitung in die Hand gab, ist das Lesezeichen immer noch an derselben Stelle. Vermählung. Die Brautleute wenden sich einander zu. Der Bräutigam nimmt den Ring der Braut und spricht: Vor Gottes Angesicht nehme ich dich an als meine Frau. Ich verspreche dir die Treue in guten und bösen Tagen, in Gesundheit und Krankheit, bis der Tod uns scheidet. Ich will dich lieben, achten und ehren alle Tage meines Lebens. Der Bräutigam steckt der Braut den Ring an und spricht: Trag diesen Ring als Zeichen unserer Liebe und Treue. Im Namen des Vaters und des Sohnes und des Heiligen Geistes. Danach nimmt die Braut den Ring des Bräutigams und spricht: Vor Gottes Angesicht nehme ich dich an als meinen Mann. Ich verspreche dir die Treue in guten und bösen Tagen, in Gesundheit und Krankheit, bis der Tod uns scheidet. Ich will dich lieben, achten und ehren alle Tage meines Lebens. Die Braut steckt dem Bräutigam den Ring an und spricht: Trag diesen Ring als Zeichen unserer Liebe und Treue. Im Namen des Vaters und des Sohnes und des Heiligen Geistes.

Das Kleid habe ich ein Jahr später endlich vom Hochzeitsausstatter abgeholt. Die Chefin hat mich angerufen, was denn jetzt mit der Hochzeit und dem Kleid sei. Das Hochzeitskleid müsse jetzt hier raus. Mit meinem Kind in der Garderobe habe ich das Kleid anprobiert, cremefarbener Satin, Handschuhe, weiße Schuhe und Schleier. Die Verkäuferin hat alles eingepackt. Draußen begann es zu regnen, wir hatten das Fahrrad dabei. Mit dem Kleid in Zellophan über dem Arm und dem Fahrrad, das sich immer um sich selbst dreht und umzufallen drohte, sind wir nach Hause gelaufen. Haben unseren Hochzeitstraum in Sicherheit gebracht. Vor Sturm und Regen beschützt. Vorbei an dem großen Stierbrunnen, der kein Wasser mehr hat. Das war ganz und gar unpassend. Dem armen Kleid eine solche Öffentlichkeit zuzumuten, einen solchen Heimweg. Das war doch offensichtlich für die ganze Straße, dass diesem Kleid der Bräutigam ausgegangen ist. Kein Mann hätte ein solches Kleid einfach im Feierabendverkehr durch die Gegend irren lassen. Mein Kind und ich haben es gerettet und geborgen. Und ihn angerufen. Er soll mal kommen und sich seine Braut ansehen. Ich bin sehr schön, weiße Rosen um den Hals. Ich strecke meine Arme nach ihm aus. Er, der mich doch ausgewählt, weicht verstört zurück. Ich glaube, er erschreckt sich vor mir. Oder vielleicht warten ja da, wo er herkam, noch andere Bräute in Weiß. Mit Hoffnungen und Versprechen ins Warten geschlagen. Ich lege den Deckel auf den Schuhkarton, die weißen Schuhe schlage ich fest in ihr Papier ein. Ich verstecke den Karton. In die Hände eines Betrügers, eines Heiratsschwindlers geraten. In deiner Trainingsjacke sitzt du vor mir im Lustgarten, mit einer Flasche Bier in der Hand. In meinem Kopf dröhnen die Glocken vom Dom. Das mit der Hochzeit kannst du jetzt nicht mehr aufrechterhalten. Was für ein unwürdiger Ort für eine solche Verkündung. In der ersten hohen Zeit hast du mich jedem als deine Frau vorgestellt. Jetzt lösen wir uns auf. In Wohlgefallen. Dein Zögern, Zaudern, Zagen, Rätseln. Jetzt bist du in Sicherheit, ich bin in Sicherheit. Raus aus der Gefahrenzone. Der Verwundung, der Verletzung, der Verdächtigung. Nichts ist mehr, wie es war. Jeder darf noch einmal von vorn beginnen.

Ich wandere gemeinsam mit meinem Vater den Juniweg entlang. Er trägt einen Rucksack, ich trage die Landkarten, das Messer und den Kompass bei mir. Von der Bäckersfrau holen wir uns den Kirchenschlüssel, wir schließen die schwere Kirchentür auf. Über dem Taufbrunnen schwebt ein barocker Taufengel in goldenen Sandalen. Wir geben dem Engel einen kleinen Schubs und stellen uns genau unter seinen himmlischen Segen, er schaukelt durch die Luft und schüttet seine Gaben auf uns. Hinter dem Altar führt eine Holztreppe auf die Kanzel, das Buch, noch aufgeschlagen, mein Vater liest daraus vor, für mich und die unsichtbare Gemeinde. Nach weiteren vierzig Tagen öffnete Noah das Fenster und ließ einen Raben hinaus. Der flog so lange ein und aus, bis das Wasser abgeflossen war. Noah ließ eine Taube fliegen, um zu sehen, ob das Wasser versickert war. Aber die Taube fand keinen Platz zum Ausruhen, denn die Flut bedeckte noch das ganze Land. Ich lausche jedem Wort, die Sonne fällt durch die matten Glasscheiben und hinterlässt ein Licht auf der Kirchenempore, Staub liegt auf den Bänken. Wir legen das Buch wieder zurück, steigen die Stufen hinab und drehen den Schlüssel dreimal im Schloss herum. Wir wandern durch das Dorf, vorbei an einem Flüsschen, das Lethe heißt. Wir schütteln den Apfelbaum mit den roten Äpfeln, pflücken die Früchte von der Wiese und füllen unsere Taschen. Auf einem Stein steht geschrieben, wer den Junipfad geht, der währet ewig, das werden wir gern versuchen. Wir gehen den Pfad nach oben, am Ende des

Weges treffen wir in einem kleinen Garten eine Frau mit Kopftuch und einer Schürze. Wir fragen nach dem Hungerberg, sie bittet uns herein. Ihr Garten ist ein kleines Paradies. Dahlien, Astern, Lampionblüten, Kartoffeln, Kräuter, Knoblauch, Rosenkohl, Grünkohl. Hinter dem Garten beginnt der Acker. Die nächste Biegung führt vorbei an dem Luchshohlweg, hier stehen die Hagebuttensträucher mit glänzend roten Früchten, am Waldrand die Schwarzerlen mit ihrem dunklen Saum. Ein Bänkchen zwischen zwei Bäumen, von hier aus sieht man das ganze weite Land. In der Ferne Berge, deren blassblaue Silhouette aussieht wie eine japanische Tuschezeichnung. Durch den Buchenwald spazieren wir zu einem verwunschenen Teich, früher haben die Mönche hier Karpfen gezüchtet, Mönche und Karpfen sind verschwunden, geblieben sind zwei Fischreiher, die über dem morastigen See kreisen. Grashügel wachsen auf der Oberfläche des Sees – wenn hier jemand über das Wasser ginge, wäre es keine Überraschung. Wir suchen die Kreuzwiese und finden das Antoniterkreuz, ein Sühnestein, der schief und verwittert aus dem Waldboden aufragt. Weiter führt unser Weg durch den immer dichter werdenden Buchenwald, die Sonne fällt in Streifen durch die Blätter, dunkle Farne stehen zwischen den Stämmen, es ist still hier. Mein Vater hat von einem Mädchen gelesen, das ihre Wünsche in das Universum schicken konnte, erfüllt kamen sie von dort zurück. Wir überlegen, wie es wohl gelingt, Wünsche in das Universum zu schicken, welchen Glaubens und welcher Zuversicht es bedarf für eine solche Erhörung. Lang laufen wir schon, der Wald will nicht enden – haben wir uns verlaufen, kommen wir jemals wieder aus dem Wald heraus. Wir erzählen uns noch mehr Geschichten von Glück und Unglück, von Pilgerwegen und Gläubigen. An einer Böschung, im Moos gelagert, machen wir Rast, mein Vater öffnet seinen Rucksack, Brot und Feldgieker, Bier und Radieschen, mit seinem Messer teilt er Brot und Wurst. Am Himmel ziehen pfeilförmig die Kraniche gen Süden, ihr Rufen ist weit zu hören, wir legen den Kopf in den Nacken und verfolgen ihren Flug, bis sie nur noch als winzige schwarze Punkte und dann gar nicht mehr zu sehen sind. Ein Hund kommt auf uns zugelaufen, ihm folgt ein Jäger. Er erzählt uns viele Geschichten, mit einem Stöckchen zeichnet er Himmelsrichtungen und Wegkreuzungen in die Erde. Hier habe dereinst der Meiler gestanden, der für die nahe Glashütte die Holzkohle brannte, auf der Wiese kann man noch bunte Glasscherben finden. Mittlerweile kniet er auf dem Pfad und ritzt weiter mit einem Stein Skizzen in die Erde, und hier der Brautweg, dort oben stand eine Kirche, und hier durch diesen Hohlweg gingen die Brautpaare, begleitet von den Kirchenglocken, was für ein schönes Defilee. Wir müssen uns jetzt aber, vielen Dank, auf den Weg machen, sonst sitzen wir am Abend noch im Moos. Wir ziehen weiter, wir wollen noch den mittelalterlichen Weg erreichen, von dem aus man das Panorama der Berge sehen kann. Wir sehen, wie sich zwei Füchse auf der Mitte des Weges treffen und schnell davonlaufen. Der Weg ist gesäumt von Apfel- und Pflaumenbäumen, wir erreichen die Anhöhe. Von hier aus hat man einen Blick, der, in welche Richtung man sich auch immer dreht, mit dem Rücken der Bergketten zusammentrifft. Dort im Westen der Sonnenstein, hinter dem die Sonne untergeht, der Berg ist kahl, niemand weiß, warum der Berg so unbewaldet ist. Daneben liegt das Ohmgebirge, wie eine Treppe zieht sich das Gebirge an der Horizontlinie entlang. Bald geht die Sonne unter, der Himmel färbt sich türkis, dunkelrote Wolkenfelder schieben sich über dem Sonnenstein zusammen. Am Ende unserer Wanderung erzählt mir mein Vater noch die Geschichte vom Weißen Stein, von ihm ging im Volksmund die Sage, dass in ihm der letzte Spross des alten Heidekönigs, eine wunderschöne Prinzessin, schon siebenhundert Jahre lang in goldener Wiege schlummerte. Nur einem Jüngling königlichen Geschlechts werde es gelingen, den Stein mit dem Schlage einer Gerte zu öffnen und das Königskind zu wecken. Dann werde das Paar den Thron des alten Heidekönigs besteigen und über das weite, breite Heideland regieren, und die Heide, die seit dem Zauberspruch der bösen Frau, die das Königskind verwünschte, verödet daliege, werde alsdann erblühen in alter Herrlichkeit. Mittlerweile haben sich die dunklen Wolken über den Sonnenstein geschoben, die Nacht zieht herauf, die Sonne verschwindet, nur noch ein winziger letzter Sonnenfleck ist zu sehen. Eine rote Scherbe am Himmel, wir stehen auf dem Berg und schauen auf das Dorf, die Straßenlaternen gehen an, Hunde bellen, eine Glocke schlägt, wir sind zusammen auf Wanderschaft gewesen, ich hoffe, dass die Gerte eines Tages an den Weißen Stein schlägt und ich heraustreten kann.

Ich bin so erschöpft. Ich möchte schlafen und erst im Frühjahr wieder erwachen. Mit den Maulwürfen unter der Erde schlafen. Mit ihren kleinen rosa Pfoten wecken mich die Tiere, wenn es März ist, klopfen mir den Schmutz ab und schaufeln mir einen Zugang ins Freie. Ich trete hinaus. Du lehnst an einem Baum, und alles beginnt von vorn. Ich habe Angst, für immer allein zu bleiben. Ich möchte nicht allein auf der Welt sein. Ich bin schon, seitdem ich hier bin, allein. Du bist mein Gefährte. Mein Verwandter. Ich kann dir auf den Kopf zusagen, wo du bist. Ich bin Hellseherin und kann dich an jedem Ort der Welt finden. Du erscheinst mir im Traum, in deiner Hand ein Telefon. Dieses ist mein Alptraum. Da wohnen die anderen Frauen mit ihren Worten. Die du hin und her schickst. Noch im Traum erkenne ich die Buchstaben, Liebe Frau, weiter kann ich nicht lesen, du verwehrst es mir. Du hast recht. Wir haben jetzt keinen Zugang, keinen Zugriff mehr auf den anderen. Du kannst, ohne mich zu fragen, die Stadt verlassen und an alle Mädchen dieser Welt Liebesbriefe schreiben. Ich muss sie nicht mehr lesen, ich träume nur noch davon. Gestern war ich bei einem Geburtstag, ich male meine Lippen rot und klingle an der Tür. Sage meinen Namen in die Sprechanlage und laufe die Treppen nach oben. Meine Freundin hat alle ihre Freundinnen eingeladen. Viele davon haben Männer an ihrer Seite. Männer bekleidet mit Westen, Anzugjacken und randlosen Brillen. Sie bringen ihren Frauen Kürbiscremesuppe und fragen, ob sie das Brot mit Butter wünschen. Sie schenken ihnen Wein nach, und ich höre, wie ein Mann zu einer Frau sagt: Das Bett ist heute Nacht für dich da. Es ist kalt draußen. Sie umschlingt seinen Hals und sagt: Du mein Mann. Ich sitze direkt daneben, muss aufstehen und in die Küche gehen. Die Lampions, die über dem Geburtstagstisch hängen, sind angesengt. Ich fühle mich aus der Zeit gefallen. Ich finde nur schwer Kontakt zu meinen Mitmenschen. Ich möchte mich gerne an alle Gäste anlehnen, ihre Köpfe, Schultern und die schwangeren Bäuche der Mütter streicheln. Ich kann nicht mehr stehen, mit einem Glas in der Hand und einer roten Gauloises in der Rechten. Mir fällt nichts mehr ein. Neben dem Küchenfenster hängt eine Fotografie von einem Braunbären. Mit dem würde ich mich gerne unterhalten. Ich reiße mich zusammen, zur Geselligkeit. Schneide das Brot auf, trockne die Gläser für die Gäste. Alle Worte, die ich sage, möchte ich zurücknehmen. Ich gehe zu früh, weil der einzige Ort, an dem mir mein abgefallener Zustand erträglich ist, mein Zuhause ist. Ich schaue einen Film über pakistanische Teppichknüpfer und gehe um halb zwei schlafen. Ich ziehe alle Kleider aus, ich hülle mich in weiße Decken und umarme mich selbst. Wie die zersägte Jungfrau halte ich meine zertrennten Gliedmaßen beieinander, ziehe die Arme noch fester um mich. Und sinke als verschnürtes Päckchen in die Nacht. Heute ist Volkstrauertag. Ich werde mich einer der Trauergemeinden anschließen, Kränze niederlegen, Kerzen entzünden und Gebete sprechen. Du bist nicht der einzige Tote. Französische und amerikanische Schüler sind in der Stadt, um der Toten zu gedenken. Vielleicht finde ich sie. Ich werde nachher die Friedhöfe durchstreifen und die Inschriften der Grabsteine nachbuchstabieren. Ich bin gern auf Friedhöfen. In diesem Sommer haben wir uns jeden Dienstag für eine Stunde getroffen. Unsere Dienstagsstunde. Aus dem weißen Tag, der sprachlos und voller Küsse war, ist eine Stunde geworden. In dieser Stunde dürfen wir miteinander über uns sprechen, jeder darf sagen, was ihn beschäftigt, und der andere darf zuhören. Diese Stunde ist ausschließlich der Beziehung gewidmet. Wir leben sie nicht mehr, wir sprechen über sie, die Beziehung. Das ist ihr Ende. Du fühlst dich vernachlässigt, ich fühle mich vernachlässigt. Wir fassen Beschlüsse und geloben Besserung. Zwischen den Arbeitspausen sitzen wir auf dem Friedhof, eine Stunde auf einer Lichtung. Die Kleider voller Tannennadeln, die Köpfe schwer geworden. Was hat uns so kompliziert gemacht. Aus unseren Einkäufen bereiten wir ein Picknick. Eine Flasche Bier, Tomaten, Gurken, Würstchen und ein Baguette. Die Friedhofsgärtner kommen mit ihren Schubkarren vorbei. Wir liegen nebeneinander, die Stadtsonne scheint heiß auf uns. Wir sitzen in der Falle. Jetzt sind wir gezwungen, übereinander zu reden. Das wollte ich nicht. Das wollte ich nie und nimmer tun. Irgendwas läuft hier ganz falsch. Du bist blass von Arbeit und mangelndem Schlaf, mangelndem Geld, ich bin blass von Arbeit, mangelndem Schlaf, mangelndem Geld. Wir trösten uns, entwerfen mutige Pläne zur Verbesserung dieses erschöpften Lebens. Wir streicheln unsere Schatten unter den Augen und zupfen uns die Blätter aus den Haaren. Zum Abschied ziehen wir die Schultertaschen fest um die Oberkörper und gehen in entgegengesetzte Richtungen davon. Du den Berg hoch, ich den Berg hinunter. Guerillakämpfer, im Dickicht der Städte. Übermüdet, ratlos und bereit zu sterben. Nicht mehr für die Liebe, sondern für die Einsamkeit. Liebster, sind wir noch zu retten. Die Sterne stehen gar nicht gut. Ringsherum brechen die Beziehungen wie morsche Stämme weg. Irgendwas machen wir alle falsch. Ich übe mich jetzt im Alleinsein. Ich fahre bis zur Erschöpfung mit dem Fahrrad durch die Straßen. Vorbei an Orten der Stadt, die ich noch nie gesehen habe. Gestrüpp, Mauerwerk, Brachflächen einer Backsteinschule, an der noch steht, dass sie für Knaben ist. In einer serbisch-orthodoxen Kirche stecke ich zwei Kerzen in den Sand. Der Pförtner verkauft sie mir für vierzig Cent das Stück. Lichter für die Gestorbenen und die Lebenden. Brennt. Brennt. Ich schlafe ein mit der Hand im Schoß. Ich wache auf vor deiner Tür. Das Licht in meinem Zimmer offenbart dich als Traum. Mit der Hochbahn fahre ich an einem Steinhaus vorbei. Immer wohnst du in staubigen, unverputzten Häusern.

Vom Fenster der S-Bahn kann ich direkt auf deinen Balkon sehen, deine Haare über der Brüstung. Du liest offensichtlich ein Buch. Ich bin erleichtert, dass du dich mit so klugen Dingen beschäftigst. Du rufst etwas in das Innere des Raumes. Ich denke an eine Katze, falsch, es kommt die Geliebte. Sie setzt sich neben dich. Hand in Hand sitzt ihr auf dem Balkon. Auf der Brüstung stehen Truhen mit Eisenbeschlägen und Strohkoffer. Seit wann sammelst du solche Behältnisse. Ich rufe den Namen der Geliebten aus dem geöffneten Fenster der Bahn. Der Wind reißt ihn mir aus dem Mund. Ich muss aussteigen, euch sagen, dass ihr euch ungehindert lieben könnt, endgültig abrechnen. Ich muss mich verabschieden, aber ich komme nicht über die Straßenkreuzung. Die Autos haben sich ineinander verkeilt. Ein Mann fährt mit seinem Traktor in das Fahrrad seiner Frau. Am Lenker, auf dem Rücksitz hängen Einkaufstaschen mit kleinen Kindern drin. Die weinen und schreien. Mama. Mindestens fünf Kinder, auf ihrem Rücken, auf dem Schoß. Der Vater der Kinder schreit seine Frau an. Die weint auch. Alle drehen den Kopf weg.
In dieser Nacht sieht die Welt schon ganz anders aus. Mein Kind legt sich an meinen Rücken, wie ein kleines Tier an einem Baumstamm hängt sie an mir. Ich bin mit ihr im Harz unterwegs und fahre durch kleine Fachwerkdörfer. Kirchen, Berge und Ferien. In einer Kaufhalle stehen die Menschen Schlange, lange her, dass ich eine solche Schlange gesehen habe. Wir kaufen rote Herbstblumen, Fruchtkaubonbons und Granatapfel-

saft. Fahren weiter durch die Berge. An einem solchen Traummorgen kann nichts schiefgehen. Ostern waren wir im Harz. In Walkenried. Durch grauen, kalten Nebel hat sich der blaue Mercedes geschoben. Obwohl die Werkstatt kurz hinter Magdeburg dem Auto einen Kolbenfresser bescheinigt hat, sind wir ans Ziel gekommen. Immer weiter in den Wald hineingefahren. Unser Haus stand an einem kalten, schwarzen Fluss. Das Badezimmer der gemieteten Wohnung war rosaviolett. Wir haben am ersten Abend Kerzen angezündet und alle drei in der dreieckigen Wanne gebadet. Vorher musstest du eine große schwarze Spinne entfernen. Unsere Liebe war schon etwas angeschlagen, erste schwere Blessuren und blaue Flecken. Aber wir wollten uns an diesem Osterfest aufeinander besinnen. In den Taschen Bücher, Musik und Ostereierfarben. Mit Gummihandschuhen und Farbbeuteln haben wir die Eier marmoriert. Du hast Fotos gemacht, nie hast du ein Bild mitgenommen. In deiner Wohnung gibt es keine Spuren von uns. Doppeltes Leben. In der einzigen Fleischerei in der Dorfstraße haben wir drei Steaks gekauft und gebraten. Fleisch essen ist immer mit dir verbunden. Am Ostersonntag haben wir mit der ganzen Familie die Eier die Hügel hinuntergeworfen. Dieses Spiel gibt es nur bei uns. Jeder bekommt drei hart gekochte Eier in die Hand. Vater, Mutter, Bruder, Schwester, Freund, Mann, Kind, die Frau des Bruders, alle stellen sich an einer Linie auf. Abschüssig muss die Wiese, der Hügel zu Füßen liegen. So, dass das Ei hochfliegen und dann kullern kann. Es ist erstaunlich, wie weit hartgekochte Eier fliegen können, ohne dass die Schale zerspringt. Das Siegerei hat es an diesem Morgen auf mindestens dreißig Meter gebracht. Der Sieger erhält eine Schleife und öffnet den Sekt, der auf der Wiese getrunken wird. Die kleinen Geschenke muss man in den Bäumen und Sträuchern suchen. Familienmittagessen, Hasenbraten, Rotkraut und Klöße. Mein Vater ist so freundlich, vor dem Mittagessen die Bilder meiner seit vierzehn Jahren zurückliegenden Hochzeit herumzureichen. Ich reiße sie ihm aus der Hand, finde so viel Vertraulichkeit höchst unpassend. Außerdem bin ich schon geschieden, also was soll das. Noch mehrere Male spricht er dich an diesem Tag mit falschem Namen an. Haben sich jetzt alle verschworen. Will nicht mal mein Vater sich heute deinen Namen merken. Später liegen wir auf einem Feld und schlafen ein. Mir scheint, etwas senkt sich auf uns wie Mehltau. Ich beobachte dich aus den Augenwinkeln, habe das Gefühl, du bist nicht anwesend. Versehentlich bist du direkt vom Himmel neben mich auf diesen Acker gefallen. Ich frage mich, ob du das gemerkt hast. Abwesenheit. Ja, vielleicht ist es das. Eine zähe Abwesenheit. In der Osternacht zündet die freiwillige Feuerwehr des Dorfes einen riesigen Holzstoß an. Fackelträger kommen aus dem dunklen Wald und schwingen Feuer durch die Dunkelheit. Du stehst hinter mir, deine Hände umarmen meinen Bauch. Dass ich nicht ins Feuer falle. Die Flammen steigen hoch über die Dorfdächer. Funken fallen auf uns, lassen unsere Gesichter aufleuchten. Auf dem Festplatz spielt eine Countryband, wir tanzen im Kreis. Du mit meiner Mama, ich mit meinem Papa. Der Sänger spielt Mundharmonika. Wir trinken Bier aus Plastikbechern und essen riesige Nackensteaks. Wir tanzen unter dem Mond. Und das Kind weint bitterlich, weil einer ganz allein auf der Bank sitzt, ohne Freunde. Der Mann auf der Bank spricht nur mit seinem Schäferhund. Wir trösten unser Mädchen und trinken mit dem Schäferhundmann ein Bier. Du trägst das schlafende Kind in das Hexenhaus am Fluss. Wir schlafen alle drei in einem Bett. Aneinandergeschmiegt. Eine Reisegruppe auf Zeit. Unsere Hände greifen im Schlaf über das Kind, das in unserer Mitte schläft. Wir bewegen uns schon auf unserem eigenen Schattenriss. Zurück in die Stadt, durch flaches Land. Die Traktoren auf den Feldern wirbeln Staub auf, abgerissene Wahlplakate an den verschlossenen Hoftoren. Ein letzter Halt auf dem Marktplatz in Quedlinburg, wir teilen uns ein Alsterbier. Schon jetzt spüre ich den Abschied. Wir nähern uns der Stadtgrenze, mir wird schlecht. Nicht vom Autofahren, immer habe ich das Gefühl, etwas Unbekanntes lauert in der Stadt, das nach mir und dir greift. Dein Telefon klingelt jetzt häufiger. Du tauschst Nachrichten aus. Mit wem. Von wem empfängst du, wem gibst du die Worte, die ich nicht wissen darf. Es ist mir peinlich, dich zu fragen. Ich möchte großzügig, frei und gelassen sein. Du sollst der sein, der du bist. Ich wage es nicht, Forderungen zu stellen. Meine Freiheit soll auch deine sein. Ich habe Angst vor der Wahrheit, möchte sie nicht wissen. Meine Furcht verleitet mich zur Blindheit. Ich spreche in mich hinein. Motiviere mich zur Tapferkeit. In einem Traum bricht die Fußbodenleiste des Badezimmers auf. Mörtel und Putz fallen zu Boden. Aus der Wand klettert ein riesengroßer, glänzender Käfer. Seine Gliedmaßen, seine Flügel sind überdimensional. Es ist der Ekel, das Grauen. Wie lange wohnt dieses Insekt schon in meiner Wand. Das Tier muss hier raus, es soll verschwinden. Wir nehmen den Schrubber und versuchen den Käfer hinauszutreiben. Er läuft mit seinen vielen Beinen immer in die entgegengesetzte Richtung. Der macht sich hier breit, der will hier wohnen. Plötzlich verwandeln sich alle Lichter in der Wohnung in Tauben, die stürzen sich auf den Käfer, zerhacken und erwürgen ihn. Sie bringen ihn zur Strecke, wir müssen den Kadaver beseitigen. Nun kehrt Ruhe in die Träume ein. Unsere Liebe wird zu einer Geschichte.

Eines bereitet mir Sorge. Wie wird das jetzt mit den Berührungen, dem Lieben, dem Sex. Meine Freundinnen, die großen und schönen, mit den vielen Kindern sind auch von ihren Männern verlassen. Deren Männer haben ihren Frauen schöne Kinder gemacht, zarte Babymädchen mit blauen Augen und blonden Haaren. Sie haben ihren Kindern seltene Namen gegeben, ihnen Kleider gekauft und angezogen, haben sich die Kinder auf den Bauch gelegt. Und eines Nachts sind sie weggegangen, haben sich am Telefon verleugnen lassen, ihre Adressen geschwärzt, sich unkenntlich gemacht. Sind zu einer Geliebten gegangen, um sich endlich zu finden, um endlich anzukommen. Um bei sich selbst zu sein. Jetzt treffe ich meine Freundinnen, sie weinen und sagen, dass sie sich tot fühlen. Sie erzählen, dass ihre Männer sie nicht mehr geküsst haben. Nur noch in ihnen gekommen sind, mit abgewandtem Kopf. Ich möchte gern für mich und all meine Freundinnen ein Haus eröffnen. Das Haus liegt an einem Haff, die Wiese zum Eingang ist verwildert. In jedem Zimmer wohnt ein anderer Mann. Es gibt reichlich von ihnen, ganz zarte junge mit kleinen, festen Brustwarzen und schmalen Lippen, es gibt Männer mit Haaren auf der Brust und festen Oberschenkeln, wohlgeformten Hintern, es gibt welche mit starken Oberarmen und einem festen Bauch, alle Sorten von Schwänzen. Sie sind nackt, liegen zum Lieben bereit auf weißen Laken. Ihre Münder sind geöffnet, sie küssen gern. Meine Freundinnen legen sich zu ihnen und werden begehrt. Das Haus ist voller Gesänge, Tiergesänge. Es gibt sonst keine Musik. Nur nasse Haut und Ekstase. Meine Freundinnen sind aufgelöst und schreien vor Lust. Ihre Haare fliegen den Männern um die Ohren, die Hände der Männer greifen nach ihren Brüsten und lassen sie nicht mehr los. Die Hintern der Frauen tanzen auf den Schößen der Männer. Die Fensterscheiben sind mit Dunst verhangen. Es ist ein Haus, in das man eintreten kann, ohne seinen Namen zu nennen. Die Schuhe und Kleider lässt man im Garten liegen. Der Gärtner hängt die Wäsche der

Frauen über die Jasminsträucher. In der Küche des Hauses gibt es einen Koch, er trägt ein langes weißes Kleid und eine Mütze. Er bringt den Erschöpften Zitronensorbet und Pfefferminztee. Auch Auberginenragout und gewürzte Speisen. Auf dem Küchentisch liegt ein Kochbuch mit aphrodisierenden Rezepten. Ich kann einfach in die Küche gehen, den Koch entkleiden, seinen Schwanz in meinen Mund nehmen. Ich beherrsche die chinesische Schmetterlingstechnik, mit der Zunge umkreise ich ihn so lange, bis sein Samen sich mit meiner Spucke vermengt. Noch ein bisschen Eiweiß und Zucker dazu, und wir backen Baisers daraus. Jeder kann in das Haus hineingehen, Schönheit und Alter spielen keine Rolle. Geladen sind die Müden, die Ungeküssten, die Verlassenen, die Kranken, die Schönen und die Gierigen. Ich muss nur noch die Adresse herausfinden, dann schicke ich euch Kettenbriefe mit dem Lageplan. Ihr könnt es allen weitersagen, und fürchtet euch nicht. Es muss nicht immer Liebe sein, es kann auch der Genuss eines Körpers sein. Einen kleinen Tod bitte, ohne seinen Namen zu kennen. Vom Tod zum Trost.

Das Aufsuchen von Trostorten gehört zum Vergessen und Erinnern der Liebe. Wenigstens die Autobahn ist bekannt. Autobahnraststätten. Hier standen wir auf einem Stein, da ging die Sonne unter. Hier saßen wir auf einer Bordsteinkante, auf dem Weg in die Uckermark, zu unseren Füßen die Pappschachteln mit den Wienerwürstchen von der Tankstelle. Ein Bier dazu, ich dachte, das geht jetzt immer so weiter. Bis nach Portugal, bis nach Litauen. Jedes Jahr hätten wir andere Autobahnen, Tankstellen und Länder durchkreuzt. Wir, die Mitte der Erde. Wahrscheinlich habe ich zu viele Märchen gelesen, bestimmt ist mein Bild von der Unendlichkeit und Weite der Liebe aus Grimms Hausmärchen und katholischen Messen gemacht. Glaube. Liebe. Hoffnung. Wie soll ich diese drei Worte, diese drei Werte, halten in einer Wirklichkeit, die so unberechenbar ist. Zu den Trostorten. In die Schorfheide. Parkplatz, ich stopfe meine Taschen voll mit Papieren und Stiften und breche auf zu den Wölfen. Ich muss die weißen Wölfe sehen. Das Naturreservat ist kaum besucht. Ein später Nachmittag im Herbst. Es beginnt zu regnen. Ich kaufe mir eine Wildbratwurst, trinke einen Glühwein. Das Lagerfeuer, das die Besucher wärmen soll, ist schon ausgegangen. Ich stochere in der Asche und betrachte mich von oben. Aus dem Krähenbaum. Grauer Mantel mit hochgezogenen Schultern, Schal um den Kopf. Ich sehe überhaupt keine Tiere, nur ein paar nasse Pferde. Aufmerksam buchstabiere ich die Holztafeln. Weiter zu den Wölfen. Neu ist die Stummheit, die Mitteilungen bleiben aus. Hallo. Ja. Ich bin hier auf einem morastigen Steppenfeld, und du. In die Stille der Landschaft hinein. Liedfetzen. Eine Kutsche kommt angefahren. Der Kutscher jagt die Pferde, auf dem Wagen sitzen Verrückte. Sie halten sich an den Händen und singen. Feinsliebchen. Du sollst mir nicht barfuß gehen. Du zertrittst dir die zarten Zehen. Der Begleiter spielt auf der Gitarre. Jetzt endlich stehe ich am Wolfsreservat. Die Wölfe sind nicht zu sehen. Auf dem Boden Tannennadeln und Knochen. Der erste weiße Wolf taucht auf. Schläfrig liegt er in einer Kuhle, erhebt sich langsam. Lautlos, keinen Menschen, keinen Wolf beachtend schleicht er umher. Die Ohren aufgestellt. Der Alphawolf dieses Rudels umkreist einen Beta- oder Gammawolf. Die Wölfe, die da voreinander stehen und sich taxieren, kommen aus einer anderen Zeit. Ich stehe vor einem Maschendrahtzaun auf einem Besucherplateau und schaue auf sie hinunter. Gern würde ich zu ihnen gehen. Die Verrückten, die mit ihren dicken Brillen und ungelenken Gesten neben mir stehen, würden mich nicht aufhalten. Ich ziehe meine Schuhe aus und meine Kleider, die sind sowieso nass geregnet und viel zu schwer. Meine Autoschlüssel gebe ich dem Betreuer. Ich klettere über den Stacheldraht, schalte den Strom ab. Die Wölfe sind aufgewacht und erwarten mich. Das ganze Rudel, Alpha, Beta, Gamma, Delta, reckt mir die Hälse entgegen. Ich bin etwas unsicher, wie ich die drei Meter überwinden soll. Ich springe, es tut gar nicht weh. Ich lande inmitten der Tiere. Sie umkreisen mich, packen meine Haare, packen mein Handgelenk. Ich verstehe, ich überlasse ihnen meine goldene Uhr und mein Haargummi. Sie ziehen mich am Nacken, einer links, einer rechts. Und schleifen mich zu ihrem eiskalten See. Sie lassen mich am Ufer liegen, ich gehe ins Wasser. Ich spiele toter Mann, ich bringe es ihnen bei. Das kannten sie noch nicht. Der Alphawolf ist noch etwas ungeschickt, ich muss ihn halten. Mit den Wölfen treibe ich, die Augen geschlossen, den weißen Bauch knapp über dem Wasser auf dem See. Die Welt unter dem Wasser ist eine andere als die darüber. Langsam dämmert es. Der erste Schnee fällt auf uns. In der Dunkelheit mache ich ein Feuer. Ich nähe mir einen Mantel aus Wolfshaaren und bastle mir eine Kette aus Knochen. Ich lege mich zwischen sie und schlafe ein. Morgen früh wollen wir in die polnischen Wälder aufbrechen. Ich reise allein zurück. An den Landstraßen stehen Bauern, ich lasse mich betrügen und zahle für einen Korb Steinpilze viel zu viel Geld. Die Hälfte der Pilze ist zerfressen. Ich besuche meinen Freund, der mit seinen Tieren in einem schönen Haus wohnt. Er hat viele Bücher auf dem Tisch liegen und immer Wurst, Brot und Wein. Mit ihm und seinem weißen Schäferhund gehe ich spazieren. Er sagt, du wärst mein Schmuck gewesen. Er meint, ich hätte mich mit dir geschmückt. Ein schöner, junger Mann an meiner Seite. Mein Freund glaubt, immer alles zu wissen. Er spricht wenig und gibt vor, Menschen nicht ausstehen zu können. Manchmal träume ich von einem Haus neben seinem. Zwischen Hügeln mitten im Wald. Mich besuchen nur noch Wanderer und wilde Tiere. Gestärkt fahre ich in die Stadt.

Eigentlich müsste ich mit geschlossenen Lidern die Ampelkreuzungen passieren. Die Straßen, durch die wir gefahren sind, liegen wie eine offene Schnittwunde da. Selbst der Fernsehturm ist schuldig geworden. Da

ich seltener auf den Straßen bin und die Menschen mir zu anstrengend sind, suche ich kleine Räume auf.
Es ist das Bett, die Badewanne. Noch nie habe ich so viel im heißen Wasser gelegen wie in den zurückliegenden Wochen. Schaum tritt über den Rand. Die Katzen legen ihre Pfoten auf den Rand und balancieren auf ihm. Mein Körper treibt unter Wasser, oft ist mir kalt, ich muss mich wärmen. Oder ich liege in der Sauna, das Holz knackt. Der Geruch von Aufgüssen. Ich lausche den Gesprächen der anderen Frauen, beobachte ihre Körper und fühle mich wie eine Spionin. Das sind mir die nächsten Menschen, die eine Stufe unter mir liegen oder auf einer Matte neben mir. Die einzigen Männer, die ich neben mir atmen höre, sind die, die versuchen, die Formation *großer Berg aus – kleiner Tiger ein*, beim Poweryoga richtig zu machen. Mit denen möchte ich nicht zusammen sein. Sie sehen perfekt aus, gut gebräunt. Eitle Gesichter. Sie tragen die richtigen Adidas-Socken und coole Sportsachen. Du bist nie zum Sport gegangen. Deine Oberarme waren ein bisschen zu dünn, ich habe dich gehänselt. Am schönsten sind deine Hände, mit Fingerkuppen, die alles, was sie in die Hand nehmen, verwandeln können. Deine Augen sind grün, Echsendrachenaugen, mit schweren, glänzenden Lidern. Wir können heute noch unsere Hände und Finger nehmen, sagst du, wenn du mich heute triffst. Oh, Entschuldigung. Ich habe dein Knie berührt, darf ich deine Hand nehmen. Darf man auch das berühren, was man

nicht besitzt. Jetzt erst recht. Vielleicht wirst du eines Tages mein Geliebter. Den ich rufen kann, der von seiner Frau zu mir eilt. Wie leicht alles wäre, ohne die Zuschreibung, die wir uns verordnen. Wie gehässig und gierig die Öffentlichkeit nach ständig neuen Zuweisungen verlangt. Und wie eingeschrieben die Muster der Bewegung sind. Nur wenige kann ich in Not um Hilfe rufen. Viele sind erleichtert, dass das Unglück nicht sie selbst erreicht. Sie ziehen einen Kreis aus Entrüstung und Vorwürfen um sich, schützen ihre eigene bedrohte Heimat. Haben Ratschläge von radikalster Natur parat. Verstoßen. Ja, du musst ihn verstoßen. Verbannen. Wie arm und bitter solche Zuwendung ist. So wage ich kaum zu sagen, dass ich dieser Aufforderung nicht nachgehe. Ich glaube an Verwandlung. Wenn sich Wasser zu Wein, der Leib Christi zu Brot verwandelt, kann sich auch unsere Liebe, die verlorene, verwandeln. In etwas, für das ich noch keinen Namen habe, das es aber gibt. Ich glaube, ich glaube, ich glaube. Kinderglauben. In jeder Kirche zünde ich eine Kerze an für Oma Mitzi, Opa Martin, Oma Luise, Opa Walter und eine für dich. Die flackern, brennen und leuchten soll. Du sollst groß und stark werden, weniger vergesslich. Du sollst uns nicht vergessen. Nimm mich mit, wohin du gehst. Vorerst schneide ich mir ein Farbfoto von Kent Nagano aus, der ernst nach unten blickt. Ich hänge es an meine weiße Wand. Unter dem Foto steht: Beim Musikmachen knipse ich alles Visuelle radikal aus. Die Ernsthaftigkeit seines Ausdrucks sieht aus wie ein Hei-

ligenbild. Der erste gefallene Engel des Jahrhunderts, schreibt der Text. Heute morgen bin ich erwacht, ohne Schmerz. In der Nacht haben wir uns geküsst. Unser letzter Kuss mit Zungenschlag liegt weit zurück. Die Küsse gehen zuerst. Allmählich wird aus der Sprache der Münder ein müdes, stummes Auflegen der Lippen. Das Begehren wohnt im Mund. Sobald sich der Mund verschließt, sich die Lippen zusammenpressen, die Zähne sich schließen, bleibt das Verlangen aus. So weit wie die Zunge sieht keiner. Wenn diese Erkundungen ausbleiben, verschwindet die bewusstlose Sprache. Die Wärme und Sinnlichkeit eines Kusses wird durch Abschiede und Begrüßungsrituale ersetzt. Von nun an gibt es nur noch Küsse an Türen, Ampeln, Straßenkreuzungen, Bahnsteigen und Jahresfesten. Ich muss wegschauen, wenn sich andere Menschen küssen. Ich kann da nicht hinsehen, mein Herz stört. Es erscheint mir unerreichbar, ausgeschlossen, jemals wieder einen Menschen mit dieser Innigkeit zu küssen.
Mit meinem Kind war ich in einem Thermalbad. Wir haben die Stadt verlassen, um uns zu erholen. In dem salzigen Wasser, im Dämmerlicht trieben lauter sich küssende Körper. Männer mit Schnauzbärten, die ihre beleibten Frauen durch das Wasser schoben, sie mit ihren Schnauzbärten küssten. Ehepaare, die sich in dem siebenunddreißig Grad warmen Wasser vergaßen und in Küsse auflösten. Männer und Frauen jeden Alters. Männer mit martialisch tätowierten Schultern, andere mit Haaren auf der Brust, dickbäuchige, glatzköpfige,

Frauen mit Stringtangas, gepiercten Lippen, Seerosenbikinis, sie alle küssten sich im Meerwasser. Beethoven hätte seine helle Freude gehabt. Seid umschlungen, Millionen. Alle Menschen werden Brüder. Fast hätte ich die neben mir Sitzenden umarmt.

Ein Morgenritual gehörte uns allein. Unter einer Dusche stehen wir, lassen den Mund voll Wasser laufen und dieses dann über Schulter, Nacken und Gesicht des anderen. Mit Wasserfontänen machen wir uns wach. Wir nehmen immer mehr Wasser in den Mund. Ich wasche deinen Rücken, du wäschst meinen Rücken. Das Badezimmer ist nass. Die Spiegel beschlagen. Erst ganz heißes Wasser, dann eiskaltes. Das ist gemein, wir schreien und springen ins Trockene. Der Kater schaut uns streng an und schüttelt den Kopf. Mit der Handfläche wischen wir über das Glas und legen unsere Gesichter frei. Schicht um Schicht tragen wir so ab. Wir drehen und wenden unsere Körper und betrachten unser Bild. Legen unsere Hände um die Hüften, ziehen die Handtücher fester und treten an den Abgrund unseres Spiegelbildes heran. Wir werfen uns Worte und Kusshände zu und fallen zugleich in den Brunnen unserer Eitelkeit hinein. Wir schmücken uns mit der Haut des anderen. Ich setze mir deine Augen auf, die grünen, und schaue mich durch diese Optik an. Deine widerspenstigen Haare vermenge ich mit meinen. Du nimmst von meinen blauen Augen und machst sie zu deinen. Zu einem Leib geworden, kann uns die Welt gar nichts mehr anhaben. Wir können uns doppelt gegen sie anstemmen. So schnell kann uns nichts erschrecken. Wir tragen unsere Schultern, unseren Brustkorb zweifach aufgeklappt. Kommt nur her, Gefahren, kommt nur her, ihr Katastrophen. Wir werfen uns euch entgegen. All das wischen wir mit dem Handrücken vom Spiegel ab. Und schreiben unsere Namen in den Dunst. Wir ziehen unsere Kleider an, kämmen unsere Haare, schnüren unsere Schuhe und gehen in die Welt hinaus. Draußen lauern der Verrat, die Lüge, die Intrige. Unsere unterirdische Wasserwelt überlebt da draußen nicht. Die Spuren unserer nassen Füße werden verwischt. Komm, wir lassen uns mit Algen, Seerosen und Muscheln zuwachsen und sinken auf den Grund unseres Badezimmers. Das Wasser steigt, wir treiben mit dem Gesicht unter der Decke. Fischhaut zwischen unseren Fingern und Zehen. Uns wachsen Kiemen. Sauerstoffbläschen blubbern gegen die Tür und Fensterscheiben. Wir ziehen unsere kleinen Kreise, üben uns im Synchronschwimmen. Können schon Ornamente und Muster schwimmen, in vollendeter Harmonie. Man kann uns nicht mehr von den Fischen unterscheiden, von den Silberfischen und Goldfischen. Den einzigen, die in den städtischen Badezimmern überleben. Undine geht und Hans, das Ungeheuer.

Sophia Loren hat gesagt, es gibt nur ein Wort, das Frauen in allen Sprachen der Welt beherrschen müssen. Das Wort heißt: Nein. Ich bin jetzt achtunddreißig

Jahre und gehe in die Schule des Neins. Ich übe. Sophia Loren kann es sich ja auch leisten, Nein zu sagen. In meiner Nähe wohnt kein Marcello Mastroiani, der mir lässig eine Hand mit Sonnenbrille um die Schulter legt. Ich sage: NO. No, Signore. Und steige in meinen Alfa Romeo und fahre mit meinem Picknickkorb an einen Badesee. So. Aber. Ich beherrsche die sizilianische Grandezza nicht. Ich bin völlig verfühlt. Mir fehlen die Waffen einer Frau. Kein Messer, kein scharfes, hat man mir in die Wiege gelegt. Und so kommt das alles. Weil ich so unbeherrscht und maßlos im Lieben bin. Nicht Nein sagen kann.
Ich muss mal mit der Sophia sprechen, ob sie mir eine Empfehlung gibt. Es gibt ja heute für alles Kurse, aber keine Neinsagerkurse. Eine aufrechte, berühmte italienische Schauspielerin gibt Unterricht. Die Sprelacarttische und Stühle werden zusammengeschoben. Sie schreibt ihren Namen mit Schwung an die Wandtafel. Werner und Helga, die sich gemeinsam angemeldet haben, staunen. Sophia macht einen Punkt auf das kleine i. Und schreibt mit großen Lettern. NO. Die Kreide bricht entzwei. Und fällt. Werner springt devot zu Hilfe, hebt die Kreide auf und betrachtet einen Augenblick zu lang ihre wunderschönen Fesseln. Peng. Eine Ohrfeige. Die fünf Finger von Sophias Hand auf seiner Wange. Die Frauen applaudieren. Erste Übung. Heute lernen wir noch den aufrechten Gang, den Kopf in den Nacken geworfen, laufen wir durch die Mitte des Raumes. Die Blicke von Werner, Robert und Hanno fixieren uns. So-

phia legt eine Musik von Albano und Romina Power auf. Wir wiegen uns in den Hüften und knallen mit den Absätzen. Die Männer wischen sich den Angstschweiß von den Händen, stoßen sich von der Fensterbank ab. Nähern sich den Frauen mit eingezogenen Schultern. Was für Haltungsfehler. Sophia klatscht in die Hände. Ihr goldener Armreifen klirrt. Ich bewundere sie. Zurück bitte. Noch einmal von vorn. Jungens. Und bitte. Aufrecht. Verwegen. Voller Bewunderung für uns. Kein Hochmut. Sondern Bewunderung. Sie nähern sich. Wir stehen in einer Reihe. Wir schütteln unsere Haare. Ute. Melanie. Kopf hoch. Die Männer stehen jetzt vor uns. Schauen uns mit ihren kleinen verschlagenen Augen an. Gier im Mund. Mit ihren untertänigen, deutschen Schweinsäuglein. Peng. Auf ihren Wangen brennen unsere Ohrfeigen. Applaus. Das war schon einmal sehr schön. Wir schreiben in unsere Schulhefte. Bei devoter Gier sowie Nichtbeachtung von Schönheit und Würde eine Ohrfeige auf die rechte Wange. Mit sizilianischem Schwung. Umdrehen und Gehen. Punkt. Wir schlagen unsere Hefte zu und hängen an Sophias Lippen. Nächsten Dienstag geht es weiter. Wir sollen im Alltag üben. Werner, Robert und Hanno gehen jetzt ein Kristallweizen trinken. Sie sind beleidigt. Wir schlendern mit Sophia durch den Friedrichshain. Haken uns unter wie Freundinnen und schlendern allein mit ihr durch den dunklen Park. Das ist unsere heimliche nächtliche Übung in Furchtlosigkeit. Mit großen Schritten durchkreuzen wir die Alleen und singen das Lied vom kleinen

Matrosen. Der Wind fährt in unseren Rücken. Fuchs und Hase staunen. Stolze und fröhliche Mädchen. Sie gesellen sich zu uns. Im Freiluftkino brechen wir den Kiosk auf, nehmen uns den teuren Whisky und Lakritzschnecken, setzen uns auf die leeren Bänke, schauen uns die Szene an, in der Uma Thurman die Schiebetür zu dem verschneiten Garten aufzieht. Der kleine hölzerne Brunnen macht tack, tack. Sie zieht ihr Schwert. Ihre Augen suchen kühl den Feind. Blut tropft in den Schnee. Die obere Hälfte des feindlichen Kopfes fliegt durch die Luft. Rache schreibt das Blut in den Schnee. Jetzt sind wir müde. Haben heute so viel gelernt. Nein und Rache. Zwei große Lektionen. Wir ziehen die Schlafanzüge an, putzen die Zähne, cremen die Gesichter ein. Sophia gibt uns von ihrer guten Lancôme. Ausnahmsweise. Wir schlafen heute alle in einem Bett. Machen eine Kissenschlacht. Die Katzen flüchten auf den Balkon. Mein Kind kommt mit einem Schlafkissen dazu. Wir können gar nicht einschlafen und müssen über Werner, Peter und Hanno lachen.

Einmal hast du mir so leidgetan. Und ich habe mir leidgetan. Eine ganze Nacht habe ich wach gelegen und jedem Motorengeräusch gelauscht. Dein Körper befand sich nicht in meinem Bett. Er hätte da aber sein müssen. Es war vereinbart, dass du neben mir liegst. Kein Schlaf kommt zu mir. Das Herz rast unter der Decke. Ein kaltes Fieber. Wo bist du. Verspätet. Mitternacht. Vorbei. Erst eins, dann zwei, dann drei, dann vier. Es wird hell. Morgengrauen. Um Gottes willen. Es soll nicht hell werden, wenn es jetzt hell wird, habe ich dich für immer verloren. Es gibt immer eine erste Nacht. Der erste Verlust. Der erste Betrug. So offensichtlich. Am helllichten Tag. Ich fühle mich ganz schwach. Ich öffne die Tür. Es liegen hündische Briefe zu meinen Füßen. Du liebst mich, du kamst nicht zur Tür herein. Ich glaube kein Wort. Alles Lüge. Und es ist Sonntag. Die Stadt ganz ruhig und leer. Ich habe einen Verdacht. Ich nehme mein Fahrrad. Ich könnte mich vor Angst am Straßenrand übergeben. Ich fahre weiter. Ich weiß nicht mal, ob ich Strümpfe an den Füßen habe. Es ist kalt. Auch die Handschuhe vergessen. Es ist genau in der Nähe dieser Whisky-Weihnachts-Bar. Wusste ich es doch. Ich setze meine Sonnenbrille auf. Es ist Februar, der Himmel eisgrau. Hört mich denn keiner. Alle diese tristen Mietshäuser, wie ich sie hasse. Wie ich diese ganze Umgebung hasse. Diese Häuser – in einem bist du verschwunden. Da steht unser blauer Wagen. Kannst du nicht wenigstens zu Fuß gehen. Jetzt hasse ich dieses Auto auch. Wie soll ich das denn je wieder leiden können. Einen Fußtritt. Alles entweihst und entehrst du. Ich muss in das Hinterhaus. Seitenflügel. Ein Mädchen öffnet und leugnet. Ein anderes tritt aus der Tür. Gleich muss ich weinen. Ich will hier nicht weinen. Nicht im Korridor einer fremden Wohnung. Das andere Mädchen ist klein und scheu. Du kommst in einem weißen Laken. Um die Hüften geschlungen. Wie in einem schlechten Jesusfilm. Du machst eine Geste, die ich dir nie verzeihe. Du wedelst mit der Hand vor deiner Stirn, als sei ich eine unbekannte Verrückte. Du verleugnest mich vor diesem Mädchen, das sich verschreckt zurückgezogen hat. Wenn das der Pfarrer wüsste, auf dessen Sofa du meine Hand gehalten hast, um den Inhalt der Hochzeitspredigt zu besprechen. Wie hässlich du heute bist, wie gewöhnlich. Hier hast du also dein Lager aufgeschlagen. Deine Schuhe und Kleider liegen um das Bett verstreut. Dieses Bild kenne ich. So gedoppelt kann es also sein. Es gibt von allem reichlich. Du bist in Panik. Und springst in diesem Laken umher. Was mache ich hier. Um Gottes willen. Ich schlage blind auf dich ein, das Laken rutscht von deinen Hüften. Flucht aus dieser Wohnung. Es ist alles so unwürdig. Das geht mir zu schnell. Die Straßen sind immer noch leer. Die Häuser stehen auf dem Kopf. An den Baugerüsten stößt man sich ja blutig. Ich fliehe. Weg hier. Schwindel. Du folgst mir. In deinem hellblauen Sommerhemd. Mein Lieblingshemd. Ich halte mich an einer Mauer fest und falle um. Einfach auf das Straßenpflaster. Da bleibe ich jetzt liegen. Polizei. Feuerwehr. Krankenwagen. Nehmt mich mit. Du rüttelst an meinen Schultern. Wir gehen einen Kakao trinken. Einen sprachlosen, hilflosen Kakao trinken. Es scheint nur noch die Tasse zu geben, und ich möchte hineinfallen. Aber mein Verständnis hält mich auf. Ich möchte dich verbannen und dir verzeihen. Ich möchte dich verstoßen und dich retten. Ich stehe auf und gehe. Das Auto nehme ich mit. Ich fahre den blauen Täterwagen nach Hause. Er ist jetzt unbrauchbar geworden. Wir sind jetzt Feinde. Blass öffnet mein Kind mir die Tür.

Wir sind beide blass, halten uns an den Händen. Sie kocht mir Tee, wir essen Apfelsinen. Durch die Wohnungstür zieht der Wind vom Treppenhaus. Wir sollten mal einen Teppich aus Filz kaufen gegen diese Zugluft hier. Später kommst du mit dem Fahrrad hinterher. Du bist voller Reue und schaust mich dann mit deinen grünen Augen an. Du willst bei mir bleiben. Jetzt habe ich aber eine derartige Angst vor solchen Nächten, dass ich nein sage. Es gab schon zu viele davon. Ich fürchte mich vor dir. Bitte geh. Ich möchte wieder Ruhe in mir und meinem Haus. Ich möchte keine Angst mehr haben. Hör auf zu weinen. Bitte geh. Nimm deine große schwarze Tasche und geh hinaus. Wohin du willst. Ich kann nicht mehr. Pack alles ein, was du tragen kannst. Du weinst, ich weine, das Kind weint. Die Tür fällt ins Schloss. Da, wo heute Morgen der Brief lag, sitzt du jetzt und weinst bitterlich. Mein Kind bringt dir Taschentücher. Du trittst gegen das Geländer der Treppe, die obere Säule zerbricht. Immer wenn ich an dieser geborstenen Säule vorübergehe, denke ich an dich. Ich nehme mir ein Stück von den Holzsplittern und bewahre es in einem goldenen Kästchen auf. Wir wollen Freunde bleiben.

Ich kann dich nicht aus meiner Liebe entlassen. Als ich ein Mädchen war, gab es einen Film im Fernsehen. Er war schwarz-weiß und spielte in der Bretagne. Er war verbunden mit einer wunderschönen Flötenmusik, die ich nie wieder gehört habe. Nur im Traum kann ich sie singen. Ich war vierzehn und tastete mit den Fingerspitzen über das Gesicht von diesem fremden Mann. Er war verliebt in eine unerreichbar schöne Frau. Beide liefen in schweren, dunklen Kleidern durch den bretonischen Regen. Nebel. Küsse. Schwermut. Und dann sanken sie auf Stein. Meer. Immer hastig und verboten. Weiße Haut, in der sich die Hände des anderen verfingen. Ich war hingerissen und wollte nur so lieben. Sprachlos, schwer und intensiv. Ich habe diesen Film nie wieder gesehen. In unseren ersten Tagen. In einer edlen Bar. Du trägst einen weißen Kragen zu deinem blauen Pullover. Wir sind sehr höflich und aufmerksam. Stellen uns Fragen zum Leben. Einen Whisky, bitte. Unsere Knie stoßen aneinander. Funkenschlag. Versuch der Wiederholung. Kleine Korrektur beim Übereinanderschlagen der Beine. Da schon wieder. Blitz. Funke. Blick. Unendlich langsam tasten die Augen über die Möglichkeiten eines gemeinsamen Lebens. Mit Kindern und Gärten. Wir kennen uns achtundvierzig Stunden. Der Barkeeper schiebt die Ledersessel zusammen. Eine letzte Musik. Ein französisches Lied. Ich erstarre. Du bist der Junge aus meinem bretonischen Liebesfilm. Der geschwungene Mund, die Augenlider. Die gleiche Wehmut im Ausdruck. Endlich habe ich dich gefunden. Solche Umwege gegangen. Vorsicht. Jetzt nicht aus den Augen verlieren. In weniger als drei Stunden küssen wir uns das erste Mal. Du bist es, der erste Junge, den ich küsse. So innig wie nie. Deine Seele auf der Zunge. In einem kleinen Hotel mitten in der Stadt treffen wir uns in den frühen Morgenstunden. Es ist ein russisches oder ein bulgarisches. Es gibt keinen Pförtner. Vor dem Eingang läufst du unruhig hin und her. In großen Schritten lauert Gefahr. Wir liegen in dem einen Bett nebeneinander. Es ist Mittag. Von den Booten und Ausflugsdampfern unter dem Fenster kommen Stimmen und Musik. Der Fluss liegt träge. Wir liegen ganz still und können uns vor Aufregung kaum berühren. Betrachten unsere weißen Körper. Eine Pepsi Cola aus dem Hotelkühlschrank, die wir über unsere Bäuche balancieren. Wir schlafen ein. Erwachen nach einer Stunde. Noch immer sind wir da. In einem alten Auto fahren wir durch die Stadt, durch die Russische Allee, in der die Gaststätten Moskau und Prag heißen. Mein Kopf auf deinem Schoß. Durch das geöffnete Schiebedach sehe ich den Himmel, die Tauben, die fernen Brüstungen und Türme der Häuser. Nimm mich mit. Fahr mich hinaus aus der Stadt. Ostwärts. Bis zum Kaukasus. Bis zum weißen Dampfer. Wir parken Frankfurter, Ecke Warschauer. Du kaufst mir Kirschen. Auf der steinernen Bank, die an der Fassade entlangläuft, liegen wir Kopf an Kopf. Die Herzkirschen hängen an unseren Ohren. Du flichtst mir eine Kette aus Herzkirschen. Wir küssen uns. Meine Bluse hat nur noch drei Knöpfe, der über dem Bauchnabel fehlt. Unsere Sonnenbrillen schützen unsere müden Augen. Wir betrachten die langsamen und alten Paare, die in diesen Häusern wohnen. Sie halten sich aneinander fest. In ihren durchsichtigen Plastiktüten eine Handvoll Kartoffeln und Brot. Wir wollen auch so langsam alt werden.

Gemeinsam. Mittags gibt es von einem Teller Kartoffeln mit Butter und Salz. Gestampft. Wir werden füreinander sorgen. Ich führe deinen klein und krumm gewordenen Körper über die Straße und kaufe für dein weiß gewordenes Haar Birkenwasser. Wir liegen auf der Steinbank, es schlägt Mittag. Wir können bis in die Zukunft sehen. Wir halten uns an den Händen, die Sonne scheint heiß auf uns. Unsere Aussichten flimmern vor den Augen. Wir wollen Tomaten pflanzen, viele Bücher lesen, Geschichten erzählen und Katzen im Haus haben. Wir sind ständig unterwegs in der Welt und treffen uns manchmal nur an Autobahnraststätten Richtung Süden, Osten, Westen, Norden. Weil wir so beschäftigt sind in unseren Berufen. Wir schreiben uns lange Briefe in solchen Zeiten. Aber so weit sind wir nicht gekommen. Bis hierher sind wir gekommen. Haltestelle Lustgarten. Aus der Traum. Jetzt darf man keine Hoffnung mehr haben. Wie Herr Müller sagt, keine Hoffnung, keine Enttäuschung. Ein grausamer Satz. Aber wir wollen vom Guten sprechen. Noch. Mit deinen Hemden, Schallplatten und deinen Gedichtbänden bist du zu mir gekommen. Wir haben die Hemden in den Schrank gehängt, die Gläser eingeräumt und uns auf dem weißen Sofa geliebt. Ich will mit dir leben. Ich will mit dir ein Kind. Ich will bei dir sein. Die drei Sätze haben wir auf die Waage gelegt. Ohne nachzudenken. Wir waren uns so sicher. Unbedingt. Mein Bauch begann zu wachsen, meine Brüste. Wir liebten und liebten uns. In jedem Akt lag mindestens eine Zeugung. Explosionen von

Kindern. Wir kauften gleich ein Buch mit Vornamen. Wenn es ein Mädchen wird: Mia. Ein Junge: Finn. In diesem schönsten Liebessommer fahren wir an den Stechlinsee. In den Sand schreiben wir den Namen unseres künftigen Kindes. Mein Kind lernt mit dir Radschlagen und lässt dich den ganzen Tag nicht los. In der Nacht schläft sie in unserer Mitte und legt im Schlaf ihre Arme um uns. Aus ihrer Puppenkiste ziehen wir ein Samtkleid. Hellblau mit roten Blüten. Wir alle nennen das Kleid Mia. Wir setzen unser Babykleid auf den Einkaufswagen und legen es uns zum Frühstück in unseren Arm. Wir sind das, was man beseelt nennt. Jetzt sieht man schon die Milchstraßen auf meinen Brüsten. Ich muss das erste Mal brechen. Ihr klopft an die Badezimmertür und schreit Hurra. Ich weiß nicht, wie mir geschieht. Mein Verstand steht mir nicht mehr zur Verfügung. Es gibt dann auch kein Baby. Es muss eine so hohe Glücksvorstellung in mir sein, dass diese mir direkt unter die Haut fährt. Mich größer und dicker macht. Ein Glückskind, aber kein leibhaftiges. Schade. Oder auch nicht. Zum Glück. Nichts geworden. Sonst wäre ich jetzt allein mit Mia und meiner Tochter.
Es gibt Zeiten im Leben, die sich von jeder Verantwortung lösen. Die nur aus Gegenwart bestehen und extrem durchleuchtet sind.

Das Kind war dann ein Jahr später im Bauch deiner nächsten Geliebten. An einem Sonntagmorgen. Warum suchen die sich eigentlich immer den Sonntag, um in mein Leben hineinzubrechen. Du schläfst die ganze Nacht schon so unruhig, fliehend. Es klingelt am Morgen. Schlaftrunken gehe ich die Treppe hinunter. Ich ahne nichts Gutes. Vor der Tür steht ein Mädchen, das ich noch nie gesehen habe. Das bedeutet nichts Gutes. Turnschuhe auch und Trainingsjacke. Kommen die Unglücksboten immer in Sportsachen. Ich sage ihr auf den Kopf zu: Du bist seine Geliebte und bist schwanger. Sie nickt. Welchen Grund sollte es sonst geben. Mir fällt ein. Vor drei Wochen saßen du und ich beim Frühstück in der Bretagne. Ich wusste, dass du von dort kommst. Croissants, Omeletts. Du sagst in aller Unschuld: Ich habe geträumt, ich wäre Vater. Ich sage, dass du mir mit diesem Traum die Wirklichkeit ankündigen willst. Du schüttelst lachend den Kopf. Ich werde dich daran erinnern. Jetzt ist es so weit. An meinem Küchentisch sitzt deine Geliebte und ist schwanger. Du liegst in meinem Bett und hast das angerichtet. Ich wecke dich. Du stürzt die Treppe herunter und fliehst. In dem blauen Wagen, der so viel Schreckliches mitmachen muss. Willst du dich umbringen. Hiergeblieben. Die Nachbarn können am Sonntagmorgen Dramen vom Balkon betrachten. Wenn sie wissen, was das bedeutet. Du lässt den Motor an, ich blockiere einigermaßen elegant die Motorhaube. Wie in einem schlechten James-Bond-Film. Sollte ich jetzt einen richtig guten Stunt machen, mich an die Windschutzscheibe klammern und mit dir die Avus hinunterrasen. Bis wir in die leeren Tribünen schleudern, uns dort überschlagen und in unserem Blut liegen bleiben. Applaus. Applaus. Ich springe noch rechtzeitig ab und biete deiner Geliebten Kaffee und Zucker an. Mir fehlt jegliches Talent für Drama. Wie lange schon. Ah. So lange schon. Ich rechne nach. Du wohnst also in der Wohnung. Da oben. Auf dem Berg. Du hast gewartet die Nacht auf ihn. Darum die Unruhe. Aha. Von ihr also sind die Zeichen. Passiert ja häufiger zwischen Warschau und Paris. Diese Konstellation. Du kommst zurück, hast Zigaretten geholt. Ist das alles banal, kann das bitte mal jemand von mir wegnehmen. Aber nein. Jetzt muss ich hier sitzen und mit dir und deiner Geliebten Kaffee trinken. Entscheidung bitte. Verlieren will hier keiner was. Das Kind muss dran glauben. Ich bitte euch hinaus. Komm wieder, wenn du weißt, was du willst. Ich erkenne mich nicht wieder. Keine Emotion. Ich gehe wie unter Betäubung umher. Verbringe einen Tag am Heiligen See, zum Glück in der Nähe eines Freundes. Mein Herz sinkt auf den Grund des Morasts. Die Badegäste aus der Stadt wirbeln Schlamm darüber. Schaltet die Sonne aus, lasst das Wasser aus dem See. Geht nach Hause. Alle. Schreit und lacht nicht so laut. Du kehrst an diesem Nachmittag zurück. Du sagst, du hast dich für mich entschieden. Wir trinken einen weißen Martini mit Oliven. Und lesen uns etwas aus einem Buch vor. Das ist alles so unwirklich. Ich sage Ja, weil ich dich nicht verlieren möchte. In mir hallen deine und meine Worte wieder. Wie in einer riesigen Tropfsteinhöhle. Mein Kind kommt zurück von einer Freundin. Zum Glück hat sie das alles nicht mitbekommen. Sie liebt dich und umarmt dich. Ich werde ganz blass. Was lebe ich hier. Ich schlage in meinem indischen Buch nach. Da steht drin, das Gute und das Schmerzliche sind eins. Dann ist ja alles gut. Wir sitzen auf unserer geborstenen Nussschale und rudern mit den Händen weiter. Singendes, springendes Löweneckerchen. Aus den Bäumen fallen keine Schätze mehr. Wir trösten uns. Ich verzeihe dir. Meine katholische Kinderkirche hat mich das Verzeihen gelehrt. Aber nicht Rache und Hass. Und wie sollte ich dich zum Teufel und Monster erklären. Bist du doch Mensch. Und rechnest mit meinem Kind geduldig Kolonnen von Zahlen. Ihr sitzt vor kariertem Rechenpapier, und deine Geduld kennt keine Grenzen. Am Abend spielst du mit dem kleinen Schaf, das eine rosa Kapuze trägt. Es klettert hoch und fällt immer wieder herunter. Du gibst dem Schaf deine Stimme und lässt es sprechen. Es ist ein unentbehrliches, sprechendes Haustier geworden. Gutenachtrituale. Du schlägst Frühstücksbrote in Butterbrotpapier und ziehst die Papierkanten nach. Du streichelst die Katzen, trocknest die Gläser und kennst alle meine Freunde. Du kannst Zitronensorbets zubereiten und mit dem Bügeleisen umgehen. Nur können wir die Welten nicht zusammenlegen. Es hat sich so ergeben, dass wir in zwei Wohnungen leben. Jetzt hat ein jeder den Schlüssel des anderen. Aber du kommst zu mir, ich trau mich nicht zu dir. Ich fürchte mich, an deiner Tür zu klingeln. Unser Leben spielt auf einem doppelten Boden. Wenn du gehst, nimmst du alles mit.

Wenn du kommst, bringst du alles zurück. Es stellt sich keine Ruhe ein. Ich kann mich auf nichts verlassen. Ich nage an meiner Furcht und möchte gerne tapfer sein oder kaltblütig. Ich strauchle durch unsere Versöhnung. Wahrscheinlich lacht ihr über mich. Du willst mich nicht verletzen, sagst du und operierst mühelos zwei Leben. Ich sehe deiner Hast und Zerrissenheit zu und finde keinen Ausweg. Wir unternehmen alle Versuche. Wenn wir uns sehen, schieben wir unsere Stühle zusammen, unsere Knie, nehmen uns bei den Händen und sehen uns an. Wie soll sich diese merkwürdige Symbiose auflösen. Mit Axt und Beil, Messer und Säge. Mit aller Gewalt und Achtlosigkeit. Ist Harmonie nicht lebensfähig.

In unserer Not gehen wir zu einer Frau, die Paare berät. Im Warteraum liegt ein Buch. Auf dem steht «Seelenvogel». Wir lesen gemeinsam das Buch. Der Seelenvogel hat in seinem Bauch ganz viele Schubladen, mit Inhalten wie Wut, Trauer, Angst. Manchmal klemmen die Schubladen, oder sie gehen nicht mehr zu. Wir könnten mit Puppenhäusern spielen, Autorennen fahren oder Malbücher ausmalen. Im Regal ist ganz viel Spielzeug. Wir könnten in der Kuschelecke Mittagsschlaf halten. Aber nein, jetzt sitzen wir hier im lichtarmen Hinterhof und sprechen mit einer freundlichen Frau über unsere Beziehung. Die wundert sich, weil wir so nah und innig beieinandersitzen. Und kommt zu dem Schluss, dass wir zu ähnlich sind. Da wir keine

Konflikte bei uns haben, werden sie quasi von dir ins Haus getragen. Um zu unserem Konflikt zu werden. Und um uns groß und stark zu machen, uns gleichsam erwachsen zu machen. Eine Reifeprüfung. Konfliktverlagerung also. Aber könntest du statt der Konflikte auch mal etwas anderes mitbringen. Schokolade oder Lilien. Wieso muss ich deine Konflikte – dass du nicht weißt, wen du lieben sollst, dass du nicht Nein sagen kannst – zu meinen eigenen machen. Den Auftrag verstehe ich jetzt nicht. Ich selbst habe ja diese Telefonnummer gewählt, das war schmerzvoll genug. Ich hätte gern eine Idee, wie ich meine Angst bekämpfe. Ich sehe überall Drachen. Ich sehe und höre alles doppelt. Jetzt sprechen wir über deine Nöte, und ich bekomme ein Lob. Weil ich so tapfer bin. Kann mich mal bitte jemand in die Kuschelecke legen und zudecken. Und mir eins von den Kinderbüchern aus dem Warteraum bringen. Ich glaube, Frau Bethel ist ganz auf deiner Seite, sie findet dich toll. Und möchte wahrscheinlich auch von dir geküsst werden. Ihr Anthroposophenzeichen baumelt auf ihrem sandfarbenen Pullover. Du sprichst über dich, mit deiner gewandten und tiefen Stimme. Ich sitze hier wie ein mumpskrankes Kind und muss immer durch Tränen hindurch sprechen. Mein Hals schmerzt. Ich will jetzt hier an diesem runden Versöhnungstisch keinen Weinkrampf kriegen. Ein Taschentuch ist schon kurz und klein gerissen. Was mache ich hier. Ich wollte mit dir nicht so leiden und in Beratungsstellen Dienstagstermine wahrnehmen. Wir nehmen unsere Mäntel vom Haken, im Wartezimmer sitzt ein offensichtlich tief verfeindetes Paar. Ein Stuhl zwischen ihnen. Sie sitzen ganz in Schwarz und starren an die Wand. Die Luft steht. Gleich kommt die anthroposophische Mondgöttin und heilt ihre versehrten Seelen. Wir gehen unsicher durch die Toreinfahrt. Rechts ein Schokoladenladen mit Schokoladen aus aller Welt. Und einem künstlichen Kaminfeuer. Könntest du mir Vanille-, Kakao-, Zimtschokolade aus Guatemala schenken. Fröstelnd betrachten wir die Auslagen. Mit hochgezogenen Schultern. Wir trinken einen Whisky. Uns wird nicht wärmer. Wir malen mit den Fingern die Eisblumen auf der Tischplatte nach. Und sind befangen. Wir signalisieren uns Verbundenheit und stecken bis zu den Schultern in unserer verhedderten Wirklichkeit. Es ist schon wieder Winter. Der zweite. Dunkelheit. Ich muss einkaufen. Wir verabschieden uns. Du gehst da lang, ich geh dort lang. Die Kaiser's-Tüten schlagen mir in die Kniekehlen. Ich koche für mich und mein Kind etwas Schönes. So war das alles nicht gemeint.

Was für Aussichten. Dieses Jahr werde ich Silvester ganz allein mit meinem Kind verbringen. Ein schönes, neues Jahr wünschen wir uns. Wir werden mit einer Fähre nach Norden fahren. Dorthin, wo es fremde Sprachen gibt. Eiszapfen, Eisbären und einen klaren Sternenhimmel. Wir stehen auf der nördlichsten Landzunge, trinken Punsch mit Anis und Zimt. Nur die Augen schauen aus unseren Fellmänteln. Ich ziehe meiner

Tochter die Kapuze fest um die Ohren. Sie wirft sie immer ab, wegen der Locken. Wir schauen bis nach New York, unserem nächsten Reiseziel. Unser Atem kristallisiert. Wir schauen in ein klares Jahr. Wir sind willkommen. Wir ziehen unseren Schlitten allein und treiben die Pferde der Schneekönigin immer schneller über das zugefrorene Meer. Erreichen den Hudson River und beziehen unser Zimmer. Mit Blick auf den Krater. Die Jahreswenden sind uns noch nie geglückt. Bei Oma Mitzi und Opa Martin konnte man Schneemänner und Schornsteinfeger anzünden. Die explodierten dann und warfen mit Glück nur so um sich. Kleeblätter. Glücksschweine. Papiermurmeln. Kleine Papierbänder, auf denen Wünsche stehen. Wir krochen unter das Sofa, die Standuhr, den Fernsehtisch und sammelten das Glück händeweise ein. Ich war so alt wie mein Kind jetzt. Und dachte an mein großes, vor mir liegendes Leben. Eine Rakete erlosch von ferne über dem Ellernhain. Heute scheinen die Jahreswechsel immer leerer zu werden. Letztes Jahr hat ein Freund, der sonst einen vernünftigen Eindruck macht, drei Eimer mit Feuerwerkskörpern in den Schnee gestellt. Und die systematisch angezündet. In dem Lärm und Feuergewitter habe ich dich telefonieren sehen. Eine Hand über das Ohr gelegt, ich war mir ganz sicher, dass am Telefon nicht deine Mama ist. Ich bin in eine Phase der Beobachtung übergetreten. Ich sehe dich durch den Schnee laufen, du bist mir fern. Und schaust mich an, durch die Explosionen der Raketen. Ein Leuchtfeuer. Das hat nichts Freudiges, Leuchtendes. Kein Glücksband in die Neujahrsnacht. Flüchtige Glückwünsche. Der Schnee färbt sich. Du gibst mir kein wirkliches Wort. Du könntest auch Helau oder prosit Neujahr sagen. Die Kinder kreischen, die Hunde bellen. Wir können noch einen Wodka trinken und schlafen gehen. In dem fremden Haus, in dem wir feiern, schläft jeder allein. Neujahr. Es ist klirrend kalt. Gern möchte ich einen Spaziergang über die leeren Felder machen. Füchse treffen. Eisiger Wind weht. Da sollen schon Menschen auf dem Weg zum Bahnhof erfroren sein. Ich würde gern mit dir einen kargen und gefrorenen Weg gehen, nur um die ersten Stunden des Jahres mit dir ganz allein zu sein. Ohne Menschen. Nur unsere Spuren im Schnee. Du schließt dich mir nicht an. Ich komme nicht so weit. Unbarmherzige Kälte. An der Weide kehre ich um. Was für eine Niederlage. Jetzt gehen wir wieder in den Gesprächen der anderen unter. Du wanderst mit den gebratenen Hähnchenschenkeln und dem übrig gebliebenen Rotwein den Berg hoch. Du sagst, du musst deine Öfen heizen. Nie gibt es eine Fortsetzung. Du wünschst uns ein schönes neues Jahr. Wir dir auch.

Fünf Tage später klingelt das Telefon. Es war am sechsten Januar. Ich sticke gerade mit lila Stickgarn den Namen des kleinen Bären auf ein Spitzentaschentuch. Das ist das erste Mal, dass ich einer solch ruhigen Beschäftigung nachgehe. Ich steche die Nadel durch den weißen Stoff. Das Telefon klingelt. Wer bitte. Kenne ich nicht. Sie will dich sprechen. Sagt mein Kind. Es ist deine Geliebte. Die Frau, die im Sommer in meiner Küche saß. Von der du im Herbst und im Winter gesagt hast, dass es sie nicht mehr gibt. Was soll ich jetzt mit dem Hörer. Ihn an die Wand werfen. Dass er ein Frosch wird. Oder besser ein Sprengsatz, der die Geliebte, die jetzt in meinem Telefon lauert, in tausend Stücke zerreißt. Aber sie redet auf mich ein. Ihre Stimme reißt nicht ab. Ja, es hätte da keine Unterbrechung gegeben. Nein. Selbstverständlich wären sie immer zusammen. Das wüsste ich nicht. Tja. Das täte ihr aber leid. Vielleicht könnte man sich mal treffen. Das Taschentuch mit dem lila gestickten Namen, der kleine Bär, die Nadel, das Stickgarn, mein Kind. Alles färbt sich rot. Das Blut tritt aus meinen Adern. Lässt mich erstarrt zurück. So masochistisch kann ich doch nicht sein. Ich sage zu meinem Kind, es ist sie. Und setze mich in die Straßenbahn Richtung Schafott. Ich will es wissen. Das ganze Ausmaß der Katastrophe. Ich will mir einen solchen bewussten Schmerz zufügen, dass ich dich endlich entlassen kann. Da sitzt sie. In einem dieser lauten, unbehaglichen Restaurants. Weiße Tischdecken. Grau getönte Speisekarten. Grelle Menschen. Was für ein Unort. Ich hätte sie lieber an einem Ort des Verbrechens getroffen. Unter der Brücke am Lehrter Stadtbahnhof. Dort gibt es auch ein altes Ruderboot, mit dem kann man die Opfer gleich Richtung Hades rudern. Aber jetzt sitze ich hier in einem Restaurant. Bestelle Weißwein. Die Umsitzenden müssen denken, wir sind Freundinnen. So angeregt unterhalten wir uns über dich. Die

Grenze meiner Würde ist noch lange nicht erreicht. Ich verlasse trunken den Raum. Versenkt. Ich bin schon so weit unter mir, jetzt kann alles passieren. Eine große Gleichgültigkeit befällt mich. Ich habe keine Tränen mehr. Kühl hantiere ich mit den Schmerzensbeträgen. Das geht an Leber, Magen, Nieren. Die sind aber schon belastet. Mein Gleichgewicht. Kippt nicht um. Ich balanciere auf vereisten Organen. Ein Anruf hier. Ein Anruf da. Du bittest um ein Treffen. Bitte. Meinetwegen. Du sitzt mir gegenüber. Blass wie das Tischtuch, immer mit diesem züchtigen Pulloverkragen. Du siehst aus wie ein vergessenes Vogeljunges. Der Kellner, der lästige, schleicht um unseren Tisch herum. Er wittert Unglück. Wir sitzen einander gegenüber und rühren schon wieder in unseren Tassen. Diesmal Milchkaffees mit Spekulatius. Die Situation ist mir vertraut. Gleich wirst du mich mit großen, hilfesuchenden Augen anschauen. Mein Mitleid wird keine Grenzen kennen, und ich werde dich mit all deinen Eigenschaften adoptieren. Das ist jetzt auch egal. Es ist Februar, vielleicht wächst du ja in den nächsten vier Jahreszeiten zu dir hin oder über dich hinaus. Oder zu mir hin, oder zu uns. Ich bin so erschöpft von diesen Anschlägen, dass ich meine Hände auf deine Hände lege. Auf die Tischplatte im Hinterzimmer eines Cafés. Der Kellner lauscht auf jedes Wort. Von nun an wirst du ein Besucher sein. Du besuchst meine Welt, ich besuche deine Welt. Es ist eine Frage der Zeit. Gleich ist das Visum abgelaufen. Wenn du nichts mehr tust für deinen Aufenthalt. Was für ein

Aufenthalt. Meine Gäste denken, du bist zu Besuch. Darf ich vorstellen, mein Besuch, der seine Nachrichten mit ICHLIEBEDICHDEINFREUNDMANN unterschreibt. Der vom Tisch aufspringt, das Besteck liegen lässt und zum Telefon springt. Den Tisch, von dem wir gemeinsam gegessen haben, verlässt. Hastig. Auf der Flucht. Unterwegs. Immer auf der Straße. Immer da, wo ich nicht bin. Lang kann das so nicht weitergehen. Ich schreibe dir einen Brief. Keine Antwort. Ich jage dir mit Schmetterlingsnetzen hinterher. Ich komme vom Weg ab und finde mich wieder am Fuße der Hasenburg.

Ich wünsche, den Gipfel der Burg zu erreichen, schon von Weitem kann man den Hügel erkennen, sanft schwingt sich die Landschaft zu einem Gemälde empor, welches ich nun durchschreiten werde. Der Himmel schließt sich in einem königlichen Blau um die dunkle Erde. Wie hat die Frau am Kreuzweg zu mir gesprochen. Gehen Sie den weißen Weg nach oben, immer nach oben, den Pfad, sehen Sie. Hinter mir liegt die steinerne Kirche, ich klopfte am Tor, rüttelte an der eisernen Klinke, sah durch die geborstenen Fenster, vergebens, kein Heiliger war mehr im Haus. Steinerne Grabsteine stürzten ineinander, der Apfelbaum neigte sich zum Rasen, die Äpfel verstreut. Ich möchte in dem Kämmerchen eines Apfels meine Zuflucht suchen, zwischen den schwarzen Kernen meine Heimat finden, unauffindbar für jeden Menschen, in einer tröstlichen Einsamkeit, bis der Winter mich holen würde. Nun gehe ich allein, unter den Schuhen die gefrorene Erde, die zerbrechliche Eishaut der Pfützen zerspringt mit einem trockenen Ton, ich muss eine jede von ihnen zum Zerschellen bringen, nicht eine wird ihre Unberührtheit, meinen Schritt überdauern. Ich erreiche die Chaussee, die Erde ist von den Fuhrwerken aufgewühlt, an den Rändern stehen die alten Pflaumenbäume, noch hängen die Früchte an den Ästen, dunkelviolett, vom Morgentau beschlagen. Ich schließe die Augen und öffne den Mund, ich schüttle den Baum, die letzten Früchte fallen auf die Zunge, kühl und wohlschmeckend. Ich setze die Wanderung fort, an dem hölzernen Haus zweigt ein Weg nach links, der andere nach rechts, beide sind gleichsam verwildert, ich werfe eine Münze, Kopf oder Zahl, der Weg zur Linken soll mein Aufstieg sein. Es ist hier so still, wie in meinem Inneren. Ich höre, wie die Spinnen ihre Fäden ziehen, über meinem Kopf, sie werden ihn ganz und gar mit dem Wald verweben, bis ich mich so verheddere, dass ich dem Dickicht nicht mehr entfliehen kann. Buchenlaub leuchtet in allen Farben, ein dichter Teppich, ein Strom von Blättern in Orange und Zinnoberrot. Wer hat mir diese Herrlichkeit zu Füßen gelegt, es raschelt neben mir. Ein Hase wagt sich zu mir, er zeigt sich, er wird mich begleiten, die Burg gehört ihm ganz allein, sie trägt seinen Namen. Niemand hat mir gesagt, dass der Weg zu Ende geht, er verläuft im Nirgendwo, am vermuteten Ende ist er verwildert, ich muss mir nun einen eigenen Pfad suchen. Ich lege den Kopf in den Nacken – die Buchen sind so mächtig, dass mir angst und bange wird, wenn sie mich nun erschlagen, niemand findet mich hier. Sei mutig und unverzagt. Ich klettere bergauf, halte mich an den Wurzeln und Stämmen, ziehe mich nach oben, rutsche nach unten. Das Laub ist nass, überfroren. Moosige Stämme legen sich mir in den Weg, Rinde, nach der ich greife, um mich zu halten, zerstäubt zwischen meinen Fingern. Nur die jungen Buchenstämme, die wie Mikadostäbe im Waldboden stecken, geben mir einen Halt, um mich herum ein undurchdringliches Dickicht, die Himmelsrichtungen verlieren sich in dem Rund der Baumkronen. Über mir kreisen die Rabenvögel – zeigen sie mir den Weg, haben sie mich erkannt, wollen sie mir Gesellschaft leisten. Ich suche Orientierung, ein leuchtend gelber Baum, der wie eine Fackel auf dem Gipfel steht, soll mein Bezugspunkt sein. Mein Atem geht schwer, ich greife nach Laub, Moos, Baum, Wurzel, Ast und Stock, bis ich es geschafft habe, den Weg zu erreichen. Mühelos verläuft er, warum nur musste ich solche Mühen auf mich nehmen, wann habe ich ihn aus den Augen verloren. Wanderer, die vor mir hier waren, haben ihre Initialen in den Buchenstamm geritzt. Ich taste mit den Fingern über Herzen, Namen und Jahreszahlen. Sind die Wünsche und Liebesversprechen der Brautpaare in Erfüllung gegangen. Der Baum trägt Zeugnis eines glückseligen Anfangs, er musste bluten für den Übermut der Liebenden, deren Herzen, Namen und Jahreszahlen vielleicht schon längst wieder unter dem Buchenlaub liegen. Ich erreiche eine kleine Lichtung, ein erloschenes Feuer in der Mitte des Ortes, der verkohlte Ast, eine Bank, von hier aus schaue ich in eine unendliche Weite. Hügelketten liegen wie Geschwister am Horizont. Ich trete an den Rand der Lichtung, breite meine Arme aus, kann mit den Rabenvögeln fliegen. Ich stürze mich in die Lüfte und lasse mich treiben, unter mir die abgeernteten Stoppelfelder, Wiesen, die ziegelroten Dächer der Dörfer, am Ackerrand ein Berg von aufgeschütteten Zuckerrüben. Das ganze weite Land lässt jeden Kleinmut vergehen, vertreibt die Zaghaftigkeit und Enge der Gedanken. Meine Füße landen wieder neben der Feuerstelle, die kalte Asche stiebt auf, aus den Taschen hole ich Messer, Brot und Apfel, schneide den Apfel in zwei Hälften, die gute oder die vergiftete, welche esse ich heute. Es kann nur die gute sein, ich schneide das Brot in Scheiben, so könnte ich satt werden, bis der Winter kommt. Von dieser Warte aus sahen meine Vorfahren jede Gefahr über das Land ziehen, ich scheine diese Fähigkeit eingebüßt zu haben, die drohenden Unheile am Horizont, die sich zusammenziehenden Wolkengebirge, die Silhouette der schwarzen Schnitter auf dem Höhenweg. Ich kann die Zeichen sehen und weiß sie nicht zu deuten. Wind kommt auf, er fährt mir in den Nacken, weht die Brotkrumen und Apfelkerne über den Abgrund, ich schnüre mein Bündel, knöpfe die Jacke zu und wende mich zum Gehen, die Ferne zu meinen Füßen wohnt nun in meinen Taschen. Ich halte sie mit beiden Händen fest wie einen Schatz, den ich bewachen muss vor Räubern und Banditen, die mir achtlos den Wert meiner Eroberung entreißen. Das Sonnenlicht fällt auf eine Schneewiese, die Gräser sind in Eiskristalle verwandelt, ich gehe auf Zehenspitzen vorbei, dass diese gefrorene Pracht nicht zerweht wird. Der Weg abwärts schlängelt sich wie eine Apfelsinenschale um den Bergkegel, stumm stehen die gewaltigen Buchen, ihr gefallenes Laubwerk ein Friedhof der Blätter. Ich höre nur das Rascheln meiner Schuhe, die sich einen Pfad erlaufen. Jetzo ist die rechte Stunde, und es ist der rechte Ort; staunen würdest du, mein Kindchen, spräch ich aus das rechte Wort. Spräch ich jenes Wort, so dämmert und erbebt die Mitternacht, Bach und Tannen brausen lauter, und der alte Berg erwacht. Zitherklang und Zwergenlieder tönen aus des Berges Spalt, und es sprießt wie'n toller Frühling, draus hervor ein Blumenwald. Blumen, kühne Wunderblumen, Blätter, breit und fabelhaft, duftig, bunt und hastig regsam, wie gedrängt von Leidenschaft. Rosen, wild wie rote Flammen, sprühn aus dem Gewühl hervor. Lilien, wie kristallne Pfeiler, schießen himmelhoch empor. Und die Sterne, groß wie Sonnen, schaun herab mit Sehnsuchtsglut. In der Lilien Riesenkelche strömet ihre Strahlenflut. Doch wir selber, süßes Kindchen, sind verwandelt noch viel mehr, Fackelglanz und Gold und Seide, schimmern lustig um uns her. Du, du wurdest zur Prinzessin, diese Hütte ward zum Schloss, und da jubeln und da tanzen Ritter, Fraun und Knappentross. Aber ich, ich hab erworben dich und alles, Schloss und Leut, Pauken und Trompeten huld'gen meiner jungen

Herrlichkeit. Der Hase, den ich vorhin traf, hat auf mich gewartet, er springt mit mir über Stock und Stein.

Du fliegst davon. Ich ziehe meine Schuhe aus, um schneller über die nassen, rutschigen Februarwiesen zu laufen. Mein Netz verheddert sich in dem kahlen Gestrüpp der Bäume. Die Krähen hängen in den Ästen und jagen mir hinterher. Lauf. Lauf. Du kriegst ihn noch. Lauf schneller. Du drehst dich im Laufen um, deine braunen Schuhe, die mit den abgerissenen Senkeln, stecken im Matsch. Du lachst mir über die Schulter zu. Fast habe ich dich eingeholt. Du rennst weiter. Ich komme nicht mehr mit. Du wechselst die Richtung, du schlägst Haken, du verwandelst dich. In Marder, Wolf, Hund, Wiesel. Ich schaue in alle Erdlöcher. Nur die schwarzen Augen der Maulwürfe schauen mich an. Zucken mit den Schultern. Wo bist du. Verhext. Wie vom Erdboden verschluckt. Verschwunden. Ich springe auf den großen Traktor, der hier rumsteht. So einen wollte ich schon immer mal fahren. Ich lege den Gang ein. Der Motor dröhnt. Ich durchfurche die Erde. Ich bin jetzt schon mit meinem Traktor bis ans Meer gefahren, habe die ganze Erde aufgewühlt. Du bist nicht da. Nicht gefunden. Ein Feldstein steckt in der Klinge. Ich steige aus. Kein Mensch weit und breit. Ich setze mich und reinige die Klinge. Versuche, den verklemmten Stein zu lösen. Du tippst mir auf die Schulter und bist schon da. Du hast in der Furche gewartet. Das alte

Hase-und-Igel-Spiel. Ich will nicht mehr spielen. Ich will nichts mehr spielen.

In unserem einzigen Frankreichsommer haben wir Pingpong gespielt. Nahezu exzessiv haben wir den Ball zwischen uns hin- und herspringen lassen. Bis zum Einbruch der Dunkelheit, den ganzen Tag und in der Nacht unter der Laterne. Einen Zehner. Der Ball sprang von mir zu dir und wieder zurück. Unser lebendigster Austausch in diesem Sommer.

Du musst irgendwann in diesem Sommer beschlossen haben, nicht mehr mit mir zu schlafen. Ich habe deinen Körper nicht mehr durchschaut. Mich nicht herangetraut an deine Haut. Oft hast du meine Hand genommen und sie auf mich zurückgelegt. So als hätte ich eine verbotene Zone berührt. In dem Bett an der Atlantikküste lagen wir wie in einem schwimmenden Sarg. Keine Küsse, kein Sex. Den ganzen langen Sommer nicht. Hätte ich dich überfallen sollen in der Nacht. Du hast so lang wie nur möglich Romane gelesen, um nicht mit mir gemeinsam einschlafen zu müssen. Du hast bis zur Mittagssonne geschlafen, um nicht mit mir gemeinsam aufwachen zu müssen. Ein Berg von Schlaf neben mir. Ich lausche deinem Atem. Du sprichst nicht im Schlaf. Ich spüre genau, wie du von mir wegtreibst. Draußen auf dem Meer treiben die ersten Fischerboote im Morgengrauen. Ich wäre so gern bei ihnen. Unter Walfängern, Wellen und Gefahren. Du stellst dich tot neben mir. Du willst nicht von mir berührt sein. Ich liege neben dir und vermisse dich. «Bel Ami» von Maupassant liest du in der Originalausgabe. Du möchtest gern leben wie er. Ich auch. Nur sind wir hier in einer ganz fatalen Lage. Irgendjemand hat uns Kapuzen über den Kopf gestülpt. Der Blickwinkel verengt sich. Die Farben verblassen. Milde lächeln wir uns an. Gnädige Anteilnahme. Engbeschriebene Einkaufszettel. Das Lesen von Rezeptbüchern ist unsere gemeinsame erotische Lektüre. Wir pflücken Muscheln von den Felsen. Es regnet. Mit Plastiktüten in den Händen, die Kinder an der Seite, klettern wir über die schwarzen Steine. Barfuß im Sand. In den Wellen treiben Surfer. Baie des Trépassés, die Bucht der Verschollenen. Hier finden die Fischerfrauen die angeschwemmten Körper ihrer verschollenen Männer. Die im Sturm gekentert, vom Meer verschlungen sind. Vielleicht ist ja deiner darunter. Ich laufe am Strand entlang, die Miesmuscheln in der Faust. Ich suche den Strand, besonders die Algenlöcher ab. Vielleicht haben dich die Atlantikwellen angetrieben. Vielleicht kann ich dich noch einmal als Meerjungfrau aus dem Wasser ziehen, dir die von Salzwasser verkrusteten Augen öffnen, dir die Messer aus den Füßen entfernen. Und mit dir von vorn beginnen. Wir gehen in eine Bar, trinken Pastis und tanzen zu bretonischer Volksmusik. Wir haben Muscheln für Tage. Wir schneiden Knoblauch, Tomaten und setzen die Muscheln mit Weißwein auf. Berge von Schalen liegen auf den Tellern. Mit den Kindern spielen wir Stadt, Land, Fluss. In Gesellschaft fällt unser Unglück nicht so auf. Wir sind scheinbar

fröhlich. Aber ich weiß genau, du treibst da draußen leblos auf dem Meer. Ich kann dich nicht erreichen, nicht retten. Die Schwermut der Landschaft, die steinernen Kreuze tun ihr Übriges. So wie das versteinerte Moos auf den Kirchen ziehen sich die ersten Ablagerungen über uns. Ich kaufe mir ein Larousse-Wörterbuch und übersetze blutige Comics vom Französischen ins Deutsche. Ich möchte so gern deine Sprache sprechen. An einem Morgen verlaufe ich mich und renne im Nieselregen durch Maisfelder und Dörfer, die mir gänzlich unbekannt sind. Ich laufe im Kreis. Die Berge hoch und runter. Ich finde den Weg zurück nach Hause nicht. Du stehst in der Tür und erwartest mich. Du hast dir Sorgen gemacht. Ich bin erleichtert. Wenn du dir solche Sorgen machst, du dachtest, ich wäre die Klippen heruntergestürzt, musst du mich doch noch lieben. Da kann ich dir doch nicht ganz gleichgültig sein. Vielleicht sollte ich die gefährlichen Klippen mal herunterfallen. Aufschlagen auf den scharfen und spitzen Steinen. Du könntest meine Wunden pflegen und mir einen Verband aus Moos- und Heilkräutern auf die Stirn legen. Und ich würde in dir den Jungen aus der Bretagne wiedererkennen, den ich als Schwarz-weiß-Bild in meinem Gedächtnis hinterlegt habe.
Vielleicht ist unsere Realität nur ein ständiger Abgleich von Lieblingsbildern. Ich trockne meine verregneten Haare und suche trockene Kleider. Ich greife zum Stuhl. Deine Hose auf meinem Pullover. Aus deiner Hose fällt eine Telefonkarte. Ich erstarre. Da liegt sie wie ein bun-

tes Reptil. Was macht die französische Telefonkarte in deiner Hose. Wen rufst du an. Ich traue mich jetzt. Ich frage. Du sagst, du willst uns anrufen. Mein Kind, ihre Freundin und mich. Wer bist du, mon amour. Wir sind doch hier. Neben dir, das ist Unsinn. Du lügst. Du verneinst. Du windest dich. Du drehst dich. Dann die Sache mit dem Traum, den du mir beim Frühstück erzählst. Du als Vater. Später weiß ich um die Verbindung zu deiner Geliebten, die sagt, dass sie ein Kind erwartet. Die Spuren reichen bis nach Frankreich. Noch weiß ich nichts. Laufe in aller Unschuld mit dir zum Strand. Du gräbst dich in den Sand. Mit einem Buch. Schmeiß dieses verdammte Buch endlich weg. Komm mit mir ins Wasser. Spiel mit mir. Warum willst du nicht mehr mit mir spielen. Du bist so ernst. Wir schauen uns Bunker an. Machen einen Ausflug zu den Bunkern der Wehrmacht. Müssen denn diese deutschen Steine überallhin mitkommen. Kann die bitte mal jemand sprengen. Eine drohende Verletzung der Geschichte. Ich fotografiere dich. Hinter deinem Rücken diese versunkene Betonruine. Du rauchst. Und siehst viel zu gut aus. Ich werde alle diese Sammelbilder verschenken.
Wir reihen uns ein in den Rückreiseverkehr. Wir nähern uns der Stadt. Es ist heiß. Viel zu heiß. Es dauert nicht mehr lange. Gleich passiert ein Unglück. Wir packen das Auto aus. Die Nachbarn erwarten uns schon. Wir essen Crêpes und trinken Wein. Die Katzen freuen sich. In der Nacht ist das Auto verschwunden. Du hast den Schlüssel stecken lassen. Die Polizei hat es mitgenommen.

Wahrscheinlich bist du schon etwas aufgeregt. Weil dich ja jetzt dein zweites Leben erwartet, von dem ich noch nichts weiß. Das aber in vierundzwanzig Stunden vor meiner Tür steht. Klopf. Klopf. Wünschen Sie einen giftigen Kamm. Geht nur weiter. Ich darf niemanden hereinlassen. Nun, ich will dich einmal ordentlich kämmen. Das arme Schneewittchen dachte an nichts und ließ die Alte gewähren, aber kaum hatte sie den Kamm in die Haare gesteckt, als das Gift darin wirkte, und das Mädchen ohne Besinnung niederfiel. Du Ausbund von Schönheit, sprach das boshafte Weib, jetzt ist's um dich geschehen, und ging fort. Sie kam wieder und wieder.

Das Auto ist mittlerweile verkauft. Der Unglückswagen. Zwei russische Autohändler haben ihn auf dem Automarkt weit unter Wert abgekauft. Der eine trägt eine goldene Kette und ein Bündel von Dollarscheinen in der Tasche. Wir taxieren uns kurz. Das Geschäft habe ich allein mit ihm gemacht. Ich spreche mir ihm Russisch. Der Händler sieht aus wie ein Zuhälter. Ich könnte ihn fragen, ob er mich mit einkauft. Wir könnten über den Preis verhandeln. An der Seite eines Kriminellen könnte ich den Zuhälterring mit Rauschgift und Gold versorgen. Wir tauschen Auto gegen Geld und einen letzten Blick. Jetzt sitze ich hier mit dir auf einer rot-weißen Absperrung. Ecke Beusselstraße. Wir trinken Bier aus der Dose und essen matschige Pommes. Wo ist eigentlich das Geld hin. Den blauen Mercedes sind wir jetzt endlich los. Besser so. Wieso hocken immer die Verlierer neben mir. Andere gehen mit ihrer Freundin über den Automarkt und kaufen ihr einen schwarzen Jaguar mit Ledersitzen. Wir fahren mit der S-Bahn nach Hause. Geteiltes Leid ist halbes Leid. Jedenfalls kaufe ich nie, nie wieder ein Auto mit dir. Von nun an mieten wir uns einen Wagen für längere Fahrten. Die sind immer frisch gereinigt, aseptisch und riechen nach Desinfektionsmittel und Westen. Fast wären wir mit solch einem Wagen in unseren sicheren Tod gefahren. Weil du die Kontrolle verloren hast. Über dein Leben. Und meins und das meines Kindes. Du Idiot. Spinnst du. Hör auf. Fast wärst du in den Bus gefahren. Mit 240 km/h jagst du über die Autobahn. Und fährst uns im Zickzack gleich in die Leitplanke. Ich schreie. Hör auf. Die Geschenke, die ich gerade für mein Kind einpacke, werden gegen die Windschutzscheibe geschleudert. Schere, Goldpapier und Schleifenband fliegen wie in einer Kosmonautenkapsel umher. Bist du wahnsinnig. Hör auf. Deine Knöchel um das Lenkrad geklammert sind weiß. Dein Gesicht ganz hart. Deine Zähne zerbeißen die Unterlippe. Du siehst so böse aus. Ich fürchte mich. Ich fürchte mich. Du bringst uns um. Die Sattelschlepper um uns dröhnen. Und das alles nur, weil ich dich gefragt habe, für wen die Liebesnachricht ist, die auf dem Display stehengeblieben ist. Halb französisch, halb deutsch. Deutliche Worte einer anderen Liebe. Du schweigst. Die Autobahn, unsere Autobahn, wird unser Unfallort. Mein Kind hat sonst niemanden. Ich will nicht aus einem Autowrack geschnitten werden.

Du trittst aufs Gas. Ich schlage die Hände vor die Augen. Das ist mein Ende. Endlich fährst du rechts ran. Steigst aus. Ich steige aus. Es ist früher Winter. Stoppelgras. Die Bank vereist. Du bist blass. Ich bin blass. Ich könnte mich schon wieder am Randstreifen übergeben. Zwischen uns Kälte und Unnahbares. Unüberwindbares. Wir gehen langsam aufeinander zu. Umarmen uns stumm. Ich wollte auf dich einschlagen, aber meine Arme sind gefroren. Wenn ich mit den Armen auf dich einschlage, fallen sie ab. Wie bei den gefrorenen Strumpfhosen auf der Wäscheleine macht es knack, und sie brechen entzwei. Ich könnte dich auch vor einen Sattelschlepper stoßen, aber du bist zu schön. Ich will dich schließlich nicht verlieren. Du hast mich in der Hand. Wie eine Gefangene steige ich ein. Ich bin gefangen in einer Liebe, der ich nicht mehr entrinnen kann. Mit den Tränen kämpfend, suche ich auf dem Boden die verstreuten Geschenke zusammen. Der Adventskalender muss doch fertig werden. Morgen ist der erste Dezember. 21. 22. 23. 24. Die Päckchen reichen. Ich spiele mit den automatischen Fenstern. Lasse mir Wind in die Augen wehen. Der Fahrtwind soll mir die Tränen austreiben. Autobahn, liebe Autobahn, bring mich sicher nach Hause. Blau-weiße Schilder. Die Grenze. Gleich erreichen wir Thüringen.

Jetzt kann mir nichts mehr zustoßen. Wir sind in meiner Heimat. Hier stehen die Drei Gleichen. Drei Burgen, auf drei Hügeln. Ich muss dir noch einmal die Geschichte erzählen. Immer wenn wir hier vorbeifahren, muss ich dir die Geschichte von den Drei Gleichen erzählen. Der Sage nach zog Graf Ernst III. in einem Kreuzzug mit Kaiser Friedrich II. 1227 gegen die Sarazenen, um auf diesem Wege das heilige Grab von den Moslems zu befreien. Der Graf geriet in die Gefangenschaft und musste viele Jahre schwere Arbeit in den Gärten des Sultans verrichten. Nach einiger Zeit wurde des Sultans Tochter auf den gefangenen Grafen aufmerksam. Von ihrer Liebe zu ihm ergriffen, bewirkte sie durch ein Versprechen der Ehe seine Freilassung. Beide flohen und kamen nach Venedig. Dort traf der Graf einen seiner Diener, der nach ihm suchte. Er erfuhr, dass seine ihm angetraute Gemahlin und seine Kinder auf ihn warteten. Der Graf begab sich nach Rom und schilderte dem Papst seine Lage. Der Papst erteilte Absolution, Ernst III. kehrte mit der Türkin in seine Heimat zurück. Die erste Gemahlin nahm ihn und die Beischläferin mit Freuden auf, sodass alle drei ohne Zwietracht ihr Leben verbrachten. Gott aber, welcher gnädig diese Ehe gestattete, schenkte der ersten Gattin reichen Kindersegen, während die andere unfruchtbar blieb. Im 18. Jahrhundert wird die dreischläfrige Bettsponde des Zweibeweibten, die in der Junkerkammer der Burg stand, beschrieben. Demnach haben die zu dritt in einem Bett geschlafen. Das wäre auch etwas übersichtlicher. Zur Linken die Sultanstochter, zur Rechten ich. Dann müssten wir jetzt nicht auf der A4 unser Leben riskieren. Während der französischen Besatzungszeit öffnete man das Grab, um wertvolle Beigaben zu finden, fand aber nur Gebeine und Totenschädel. Nachdem der Erfurter Professor für Anatomie Dr. Thilow gar drei der Schädel als die der Sagengestalten identifizierte, erhob sich ein wilder Meinungsstreit erhitzter Romantiker um den wahren Kern der Sage. Ich habe dem Streit ein Ende gesetzt. Die Schädel der drei in einem Laubberg vergraben und den Mythos von der Liebe zu dritt gleich mit. Ich glaube nämlich nicht, dass ich dafür ausgestattet bin. Wie die Gemahlin meine Beischläferin zu umarmen. Und vor Freude über diese Begegnung zu weinen. Das gelingt mir nicht. Was für eine tapfere Gemahlin, was für ein edler Graf. Wir scheitern an der Gleichung mit der Zahl drei. Wir kommen nicht auf die drei Gleichen. Wir sind zu unbegabt im Lieben. Uns fehlt die nötige Großherzigkeit. Es mangelt uns an Weite. Kein Priester erteilt uns die Absolution. Kleine, schmächtige Erdenbürger, wir. Jagen über die Autobahnen und verzweifeln an unserer Gegenwart. Gott muss sich doch abwenden, wenn er uns hier an dieser Raststätte sieht.

Wir schauen schweigend in die Abendsonne, von der Plattform einer gigantischen Tankstelle, trinken Kaffee aus Plastikbechern. Ich kaufe eine Zeitschrift für Frauen, die sich in Form bringen wollen. Muskeln wie die von Madonna werden mir versprochen, wenn ich die sieben besten Übungen absolviere. Du rauchst blaue Gauloises und umarmst meine Hüfte. Was für ein Paar. Wir schauen ins leere Land. Burgruinen. Lieber Gott, wir beten dich an. Behüte und bewahre uns und unser Land. Halte deine Hand schützend über die Liebenden, die Tankstellen, die Supermärkte, die Teppichhäuser, die Autowaschanlagen, die Autobahnkirchen, die Autobahnpolizei, die Raststätten, die McDonald's-Kinderspielplätze mit den Gummimatten und über all die Städte und Gemeinden, die bekannten und unbekannten, die an den Abfahrten liegen. Lieber Gott, hoffentlich kannst du uns erkennen. Wir sitzen in einem silbernen Leihwagen von Sixt und haben uns schon fast bis zur Unkenntlichkeit aufgelöst. Wir sind schon eine künstliche Synthese mit unserer Umgebung eingegangen. Dieser versiegelte Beton legt sich aufs Gemüt. Ich will jetzt augenblicklich aussteigen, um in den Gärten des Sultans zu spazieren. Gib mir deine Hand, Graf, und hol mich hier raus. Nimm mich mit nach Venedig, und geh mit mir in eine Kirche. Schenke mir deine Liebe. Schenke mir dein Land. Können wir noch einmal von vorn beginnen. Das ganze Land abreißen. Wir holen die Sarazenen zur Unterstützung. Die kommen mit ihren wilden Pferden, scharfem Stahl und Fackeln und brennen ein Gewerbegebiet nach dem anderen nieder. Sie verschleppen die Geschäftsführer von Obi und Hellwig, Baumarkt und Esso, Netto und Lidl, Aldi und Kaiser's, Burger King und Ikea, Teppich Kibbek und Real, Praktiker und Möbel Höffner und Marktkauf. Sie werden alle auf Pferde gebunden. Festgezurrt werden die Stricke. Die Karawane mit den hungrigen und durstigen, immer noch lächelnden Geschäftsführern wird über die Autobahn bis in das Land der Sultane getrieben. In der Wüste angekommen, werden ihnen die Titel und Pässe abgenommen. Sie bekommen ein Zelt zugewiesen und bauen einen Brunnen. Wer sich weigert, die Landessprache zu lernen, wird den Schlangen zum Fraß vorgeworfen. Wir schleifen die verwaisten Gebäude schmelzen das Glas der Fassaden und Dächer ein, verteilen die Lebensmittel und Früchte. Bringen sämtliche Autos bis zum Ural, ich habe noch die Nummer von dem russischen Autohändler, der kümmert sich darum. Wir machen das Land wieder bewohnbar. Die Krieger reiten bis in die Hauptstadt, verschleppen die gesamte Regierung, die sich mitten in einer Klausurtagung befindet. Kein Erbarmen mit den Abgeordneten. Die Sarazenen machen den versiegelten Boden wieder urbar und errichten auf den ehemaligen Fundamenten der Einkaufszentren die Gärten des Sultans. Aprikosen. Pfirsiche. Mandelbäume. Zypressen. Zedern. Palmen. Granatapfelbäume. Kindergärten und Schwimmbecken für alle Einwohner. So, jetzt wird es dunkel draußen. Die Lichter der Großstadt. Wir fahren in die Tunnel hinein. Mit steifen Gliedern steigen wir aus dem Auto. Das Kind hat schon gewartet und rennt uns entgegen. Die Treppe herunter. Kein Wort verlieren. Unsere Nachbarn haben die erste Adventskerze angezündet. Sie leben in weihnachtlicher Vorfreude. In unsere Tassen schenkt unser Nachbar heißen Tee. Wir essen Lebkuchen und erzählen. Wir haben diese Fahrt gerade so überlebt. Das weiß keiner. Du hältst mich gewiss für hysterisch. Ich möchte jetzt meine Ruhe und meinen Frieden. Weg von der Straße. Weg von der Ferne. Nach Hause. Ich war lange fort. Ich musste lange arbeiten. Jetzt möchte ich die Decke über meinen Kopf ziehen. Mein Kind und mich unter diese mitnehmen. Mit der Taschenlampe Geschichten lesen und überhaupt erst wieder ans Tageslicht kommen, wenn alles vorbei ist.

Diese Zeit liegt jetzt ein Jahr hinter mir. Ich habe den Grafen gestern getroffen. Er trug silbernes Haar. Eine aufrechte Körperhaltung. An der Ampel zum Park Friedrichshain zog er am Morgen ein Wägelchen hinter sich her. Er konnte nur ganz kleine Schritte gehen, seine Last war so schwer. Er hielt einen Kontrabass in der rechten Hand, schlenkerte eine Tasche mit Noten. Der silberne Graf am Morgen bestand ganz aus Musik. Ich konnte sie hören. Aus seinem silbernen Haar und seinem geneigten Körper kamen helle Töne. Von einer anderen Zeit. Sie tanzten kurz um die Litfaßsäule herum und legten sich auf mich. Ich habe den Grafen in einem Haus verschwinden sehen. Er wohnt jetzt unter uns. Seine Frauen sind verstorben. Er musiziert seitdem. Wir kennen nicht die Gärten des Sultans, aber ich kann von Landschaften erzählen, die ganz von uns beschrieben sind. Es ergibt sich eine eigene Topografie. Wenn ich all diese Landschaften zusammenziehe, ergibt sich ein eigenes Land, das wir durchschreiten können.

Erinnerung, eine milde Erinnerung wird sich über dieses Land legen. Ich lege die Erdflecken, Grasnarben, Waldwege, Bergketten, Bootsstege zu einer Landkarte zusammen. Ich vernähe die Landkarte mit Gräsern und Haar, rolle sie zusammen und stecke sie in meine Tasche. Diese legendäre Tasche, mit der all die Mädchen und Jungen losgeschickt und ausgesetzt werden. Von ihren Eltern im Wald, in der Nacht. In der Tasche eine Karte, ein Brot, ein Tuch, ein Messer. Fangen wir an. Ich zeichne den grauen Asphaltweg ein, hinter dem Haus deiner Großmutter, von Hochspannungsmasten gesäumt. Eine Bungalowanlage der Siebzigerjahre, mit heruntergelassenen Jalousien, gepflegten Gärten, verschlossenen Garagentoren, mit Plastikfolien abgedeckte Hollywoodschaukeln. Wir teilen uns die Schweizer Schokolade, weißes Kreuz auf rotem Grund. Streichen das Goldpapier glatt und schieben es unter die Gartensteine. Du zeigst mir das Haus deiner Eltern. Hier also bist du groß geworden. Wir gehen heimlich in den abschüssigen Garten und schauen zu deinem Kinderzimmerfenster hoch. Gegenüber, das Haus von dem reichen Jungen, der so viele Playmobil-Figuren im Keller hatte. Wir gehen die Schotterstraße Hand in Hand nach oben, pflücken von einem knorrigen Baum Hände voll Pflaumen. Spucken die Kerne in deine alte Wohngegend. Das können wir jetzt tun. Laufen in das Tal, das einen komischen Namen hat. Eine Bank an einem kleinen Fluss. Wir liegen verschlungen auf dieser Bank an einem beliebigen Vormittag und hoffen, dass es so weitergeht. Wir wandern durch Landschaften. Ja, du und ich durch das Elsass. Ein altes, nicht eingelöstes Versprechen. In einem Landgasthof essen wir traditionelle Küche. Frankenklöße und Zwiebelsuppe. An diesen Flecken Erde schließt sich ein Blumengarten an. Ich schneide ihn mit einer kleinen Schere aus und hefte ihn an die Asphaltstraße. Es ist ein in allen Farben leuchtender Blumengarten, Lupinen, Anemonen, Löwenmäulchen, Kapuzinerkresse, Mohnblumen, Apfelblüten. All diese Blumen stehen hochgewachsen und dichtgedrängt hinter einem kleinen Holzzaun. Das Gärtchen ist am Ende eines sandigen Weges, der zu einem verwunschenen Mückensee führt. Tief in den polnischen Wäldern. Wie verirrte Kinder standen wir vor diesem Paradiesgarten und wünschten uns genauso einen. Wir kaufen Grassamen und streuen mit Schwung all diese Samen in die umgegrabene Erde. In dem Garten liegen wir zwischen den Blumen, die so groß wie Bäume sind, und lesen Haruki Murakami. Besonders die Geschichte von den Einhörnern. Ich mache einen Knoten, steche die Nadel durch ein Blütenblatt und beiße den Faden durch. Was nehmen wir jetzt. Ja, den Bootssteg von Löcknitz. Mit einem Messer löse ich ihn vom Ufer und setze ihn behutsam auf den noch weißen Fleck der Karte. Die wilden Schwäne, Enten und Frösche kommen gleich mit. Auf diesem Bootssteg saß ein Fischer und erzählte von seiner Frau. Wir zu seinen Füßen hörten andächtig zu. Er erzählte, dass er mit seiner Frau am Abend an einem Tisch sitzt. Auf dem Tisch die gebratene Forelle, die er gefangen hat. Er öffnet den Wein. Seine Frau gießt ein. Der Fischer sagt, dass das Glück ist. Wir nicken stumm und wollen diese Geschichte nie vergessen. An dem Steg hängen ganz viele bunte Boote. Sie tragen Ziffern. Mit eisernen Ringen sind sie an hölzernen Pfählen befestigt. Zwei solcher Ringe, die miteinander verbunden sind, fotografierst du. Und sagst: Das ist unsere Hochzeitskarte. Auf diesem hölzernen Steg liegen wir und essen Leberkäse, Salzgurken, trinken Bier. Wenn man ins Wasser will, muss man sich mutig vom Holz hineinfallen lassen. Du ziehst mich mit aller Kraft aus dem Wasser. Wir kennen den See im Frühling, Sommer, Herbst, Winter. Ich male ihn mit allen Filzstiften in allen blauen, türkisen, himmelblauen Farben aus. Und schreibe über das Blau: der See. Ich zeichne noch die Regattaruderstaffel ein, mit der strengen Sportlehrerin, die in ihr Megafon schreit. Und ich zeichne noch auf den Grund des Sees deine Zigarettenschachtel, die da nämlich hineingefallen ist und einen Teil der Fische tödlich vergiftet hat. Jetzt treiben sie reglos auf dem See. Der Fischer sammelt sie ein und seine Frau schmeißt sie weg. Keine Forelle heute auf dem Tisch. Was ist nur passiert mit dem See. Was ist aus ihm geworden. Gleich neben dem See liegt der Marktplatz von Szczecin. Am Sonntagnachmittag. Bänke sind aufgestellt. Eine Bühne aufgebaut. Ich kaufe uns zwei Bier, weil ich die Bestellung auf Polnisch aufgeben kann. Ich will dir mein Land zeigen, ich will dir zeigen, wo ich herkomme. Dieser Platz liegt so weit östlich, wie meine

Heimat hinter mir liegt. Auf der Bühne tanzen litauische, estnische und russische Folkloretanzgruppen. Männer in schwarzen Stiefeln und Mänteln, sie stellen Schäfer oder Zigeuner dar, umkreisen Frauen in kreiselnden Röcken. Sie singen in fremden Sprachen und bringen eine Wehmut mit, die mir den Atem nimmt. Du fotografierst die fremden Menschen. Eine alte Frau mit einer alten Tasche, auf dem Rücken ihrer Strickjacke eine große Micky Maus, ist von den Liedern angezogen. Wie ein Jo-Jo läuft sie den Melodien hinterher. Ich sitze zwischen alten polnischen Männern, die sich zur Feier des Tages Medaillen an ihr Revers geheftet haben. Jetzt singt ein Mädchenchor aus Tallin. Ich muss bitterlich weinen. Untröstlich. Erst jetzt begreife ich, zehn Jahre später, dass mein Land weg ist. Für immer verloren. Ich kann es nicht mehr riechen, schmecken, fühlen. Hier auf diesem Marktplatz ist der Verlust spürbar. Du versuchst, mich zu trösten. Du kannst meiner Sehnsucht nicht Herr werden. Die polnischen Herren und Damen treten näher, reichen mir Taschentücher. Fragen, was geschehen ist, ob sie mir helfen können. Ich weine, mein Land ist weg, ich kann es nicht mehr finden. Die Frau vom Akkordeonorchester schenkt mir einen Lutscher. So einen roten. In der Mitte ist der rote leuchtende Stern mit einem Porträt von Wladimir Iljitsch Lenin. Ich tröste mich und beiße große Zacken aus dem Lutscher. Ich halte ihn gegen die Sonne. Von Lenin bleibt nur noch ein roter Fleck übrig, den ich auf der Zunge zergehen lasse. Weg ist er, verschluckt. Du kannst das ja nicht wissen. Du bist noch so jung, und dein Land ist dir geblieben. Jetzt nimmst du mich in den Arm. Du stehst auf der Siegerseite und betrachtest meinen dummen Schmerz mit Mitleid und Erbarmen. Zick. Zack. Das Bild von dem polnischen Marktplatz gleich neben dem See. Osten. Tränen. Heimat. Dahinter liegt ein dunkler Wald. Der Wald hinter deinem Elternhaus. Diesen dunklen Streifen, der bis zur Mauer in das ehemalige Staatsgebiet ragte. Diesen Wald nähe ich im Hohlstich an den Saum des Platzes. Du zeigst mir von dem Hochsitz aus die Wildschweine. In ihrem dunklen, nassen Fell mit ihren gefährlichen Hauern trotten sie durch das eingezäunte Reservat. Wir füttern diese unansehnlichen Stadtschweine mit Spaghetti. Komische Kost. Du erzählst von der Angst, sich bis an die Grenzen des Wäldchens zu wagen. Vielleicht ist da noch Munition gelagert. Todesstreifen. Jetzt sind die Friedenszeiten angebrochen, und wir können unsere Landschaften zu einer werden lassen. Ich werde die angefangene Karte erst einmal aus der Hand legen. Zusammenrollen, in die Tasche zu dem Brot und dem Tuch stecken und schauen, wann ich sie wieder gebrauchen kann.

Ich muss sagen, etwas Außergewöhnliches ist heute geschehen. Ein fremder Mann hat mich berührt. Ich habe schon die ganze Zeit den Bauch des Yogalehrers angestarrt. Zwischen dem Bund seiner Hose und dem weißen T-Shirt blitzte nackte Haut auf. Ich habe den

Yogalehrer heimlich ausgezogen. Besonders hat mich sein Hintern interessiert, ob der auch so eine elegante Form hat wie seine fernöstlichen Körperlinien. Wir mussten Partnerübungen machen, ich habe mir so gewünscht, dass er beim Umhergehen im Raum meine Haltung korrigiert, mich mit seinen lehrenden und heilenden Händen berührt. Er ist an mir vorübergegangen. Und ich habe die Handflächen so fest in den Boden gedrückt, um den Rücken zu stärken. Dann hat er jemanden gesucht, um eine Übung an der Wand zu demonstrieren. Ich habe mich gleich gemeldet. Vor den Augen der gestrengen Gruppe habe ich meine Handflächen an die Wand gepresst und versucht, den Impuls im unteren Rücken zu spüren. Ich hing da an der Wand wie ein Schauobjekt im anatomischen Institut. Eine gehässige Teilnehmerin spricht über meine Schieflage. Hört das denn nie auf. Aber jetzt kommt er, rettet mich vor ihrem Spott. Und rettet mich. In seinen weißen Hosen balanciert er barfuß auf meinen ausgerenkten Körper zu. Er legt seine Hände auf meine nackten Schultern. Ich werde rot. Meine Atmung gerät völlig aus dem Konzept. Er soll seine Hände auf meinen Schultern liegen lassen. Ich begreife, dass er meine Haut berührt. Und ich frage mich, ob seine Hände meine Sehnsucht, meine Erregung spüren. Könnte ihm mein Pulsschlag in seine Handflächen ein Zeichen klopfen, wäre das meine Adresse. Mein Name, die Wegbeschreibung zu meinem Bett. Die Kursteilnehmer stehen schon eine Ewigkeit im Kreis. Seine Hände sind mit meinen Schultern eins geworden. Das war die erste Berührung seit ungezählten Tagen und Nächten. Ganz langsam lege ich meine grüne Matte zu den anderen. Ich warte, bis die anderen Frauen raus sind. Jetzt sitzt er ganz allein da im vollendeten Fersensitz. Wie harmonisch und konzentriert er sich bewegen kann. Ich spreche ihn an, unter dem Vorwand, nicht richtig atmen zu können. Einatmen, ausatmen, ohne gleich zu ersticken. Wie geht das. Er legt seine Hand auf Brust und Bauch und demonstriert seine Atmung. Wie hinreißend. Seine Augen sind grün, schöne, wohlgeformte Lippen hat er. Ich starre auf seinen Mund und seine weißen Zähne. Wir wünschen uns einen schönen Sonntag. Welche Kultur der Verführung bleibt. Entschuldigung, darf ich Sie mit nach Hause nehmen. Wollen Sie sich schon mal ausziehen und unter die Bettdecke legen. Keine Angst, ich mache das Licht aus. Und zünde die Räucherstäbchen an, die mir mein Kind zu Nikolaus geschenkt hat. Leise. Ja. Ich koche auch einen Yogitee mit Zimt, Milch und Kardamom. Der Yogimann hat halbmondförmige Fingernägel. Selbst geschnitten. Das sehe ich gleich. Ich küsse die Fingerspitzen seiner Hand. Er sieht aus wie die Jungen, die nicht begreifen, dass sie liebenswürdig sind. Ich nehme seine Brille ab und lege sie vorsichtig auf den Stapel mit den Büchern und Zeitungen. Ich schicke die wilden Katzen in den Schnee und mein Kind in den Schlaf. Träum was Schönes. Nein, ich gehe nicht weg. Ich bleibe zu Hause. Der Yogimann ist da. Er hat einen so glatten Bauch. Ich küsse seinen Bauchnabel und lege ihm die Hand über die Augen. Nicht bewegen jetzt. Ich ziehe die Kordel seiner weißen Hose auf. Er zittert. Nicht zittern. Nicht frieren. Ich mache das Fenster ja schon zu. Ich taste über seine Beckenknochen und erreiche seine Scham. Ich lege meine Wange auf sein pulsierendes Geschlecht. Er atmet hörbar ein und aus. Seine Schenkel öffnen sich leicht. Ich schmiege mich in seinen Schoß. Ganz leise spricht er indische Worte. Eine Perlenkette von fremden Lauten, die ich nicht verstehe. Hasamali. Malasih. Manasei. Halasah. Sein Mund öffnet sich langsam. Ich kann hineinsehen. Taste mit meinen Fingern über seine weißen Zähne. Berühre seine Wangenknochen, seine dunklen Haare. Er streichelt meine Haare und legt seine Hände fest auf meine Stirn. Tränen steigen in meine Augen. Lichterboote aus Blüten, Asche im Fluss des Ganges. Ich muss weinen. Ich muss weinen. Meine Schultern zucken in seinen Händen. Sein Schoß ist nass von meinen Tränen. Masali. Nicht weinen. Warum weinst du. Es ist ja alles gut. Seine Zärtlichkeit löst meinen Bann. Es ist ein Band von meinem Herzen, das da lag in großen Schmerzen. Weiße Wehlefanten schleifen die metallenen Bänder weg. Ich kann wieder atmen. Ich lebe. Er gibt mir heiße Teemilch mit Honig zu trinken. Ich darf mich in seine Achselhöhle legen. Der Yogimann erzählt mir von seinen weiten Reisen. Von seinem Aufenthalt in Indien. Er zeigt mir eine kleine Tätowierung unter seinen Fußsohlen. Ich kann eine Echse erkennen. Wir sprechen nicht viel in dieser Nacht. Draußen fällt der erste Schnee. Die

Temperaturen sinken in dieser Nacht auf minus sechs Grad. Wärme legt sich auf mich. Sein Atem geht regelmäßig. Ich verabschiede mich und verspreche, zum nächsten Sonntagskurs zu kommen. Ich nehme meine Marke mit der Nummer 173. Entkleide mich. Lege meine Sportsachen zu meinen Turnschuhen. Nackt stehe ich vor dem Spiegel zwischen den Blechschränken der Umkleidekabine. Sonnenlicht fällt herein. Der Fernsehturm ist im Spiegel. Ich weiß nicht, wie ich einen fremden Mann ansprechen soll. Ansprechen darf. Ich streune noch ein wenig auf dem Friedhof herum. Familien mit Kindern. Paare. Männer, die die Handtaschen ihrer Frauen tragen. Ich fege das Laub von den Inschriften der Kindergräber. Und gehe wie die Spaziergängerin von Sans-Souci durch die Friedhofsallee. Meine Hände tief in den Taschen. Ich denke mir schöne Sachen für mein Leben aus. Was ich noch alles tun kann. Ein Engel versucht, eine Grabplatte ganz allein nach oben zu heben. Über ihm glänzt in der Sonne ein purpurner Mosaikbogen. Mit Gold. Ich weiß nicht, ob der Engel in die Erde hinabsteigen oder zum Himmel hinaufsteigen will. Ich berühre seine steinernen Flügel und wünsche ihm Gelingen in jeder Richtung. Er verweilt in der Bewegung. Lieber Engel, bring mir von den guten Geschöpfen. Beschütze mich. Bitte.
Am Rhein habe ich im langen Winter des letzten Jahres einen Fremden gefunden. Er ging da, so, wie ich ging. Ich habe mich an ihn gelehnt, und er ist nicht umgefallen. In einem schmalen Bett, in dem man nur auf

der Seite schlafen kann, haben wir uns geliebt. Ich kann nicht ohne Berührung leben. Er hatte schwarzes Haar und schwarze Augen. Und sein Körper war ganz zäh und hager. Ich habe keine Schuld empfunden. Ich empfinde nie Schuld, wenn ich mit anderen Männern schlafe. Aber es ist ein Geheimnis. Es ist mein Geheimnis. Ich bewahre das Geheimnis in dem Andenkenkästchen auf. In dem schon Haarlocken, Botschaften, Postkarten und Zugfahrkarten liegen. Von einem großen Dampfer klingt aus der Ferne Musik. Ich gebe mich dem Fremden gerne hin, schließe die Augen und stelle mir alles Mögliche vor. Ich habe mir Unterwäsche gekauft, die aussieht wie für einen Kinderfasching. Thema: Schneeweißchen und Rosenrot. Rosa, durchsichtig, mit Rosen bestickt. Ich möchte jetzt augenblicklich den Verstand verlieren. Ich möchte mich in grenzenloser Gier versenken. Nicht mehr zur Besinnung kommen. Der fremde Mann zieht mich aus. Das Schrankbett, in dem wir liegen, klappt zu. Wir liegen auf dem Grund eines dunklen Kästchens und tun uns gute Sachen an. Er schält eine Apfelsine und gibt mir Wein zu trinken.

Wenn man all die Liebhaber rufen könnte zur rechten Zeit, müsste man keine Not erleiden. Man könnte sich seinen Empfindungen und seinem Begehren ganz hingeben. Aber diese Welt hier ist voller Komplikationen. Alles muss scheinbar erobert und erkämpft werden. Und jetzt droht eine lange Zeit anzubrechen. Die Calvin-Klein-Unterwäsche und die Spitzenwäsche aus Paris muss warten. Ich frage mich, wer die zu sehen bekommt. Ich selbst im venezianischen Spiegel. Fernab jeder Lustbarkeiten. Mit meinem Kind war ich in Paris. In diesem Frühsommer. Ein langes Versprechen. Zu deinem vierzehnten Geburtstag machen wir eine Reise, du und ich ganz allein. Du hast uns zum Zug gebracht. Wir sind in den Nachtzug gestiegen und konnten vor Aufregung kaum schlafen. Unter meinem Rücken die Räder derselben Bahn, die dich auch schon einmal nach Paris brachten. Doppelbilder. Vexierbilder. Wir verstauen unsere Koffer im Schlafwagenabteil und zählen unsere Gepäckstücke, wir können auf nichts verzichten, unsere Schuhe, Kleider, Haarspangen, Buntstifte, Tagebücher, Briefpapiere, Schmuckkästchen, all unsere Lieblingsdinge müssen mit uns gemeinsam verreisen. Mein liebstes Kind, in dieser Nacht fahren wir in dein vierzehntes Jahr hinein, schon in deinem zehnten Lebensjahr versprachen wir einander diese Reise. Julia Capulet aus Verona hat in diesem ihrem vierzehnten Jahr die ersten ungeheuerlichen Küsse, die ersten Liebesschwüre, Geheimnisse, Erschütterungen und auch ihren ersten Liebestod erfahren. Du hattest das Buch von Romeo und Julia lange unter deinem Kopfkissen liegen. Ich wünsche dir schon jetzt, dass es dir die schönsten vier Jahreszeiten und nur wenig, ach überhaupt gar keinen Kummer bringt. Wir schütteln unsere weißen Kopfkissen auf, klettern die Leiter nach oben, löschen das Nachtlicht und versuchen einzuschlafen. Städte, Bahnhöfe und Landschaften, Lichter ziehen an uns vorbei, ab und an bleibt der Zug stehen, weitere Schlafgäste steigen hinzu. Nur noch eine Nacht; wenn die Morgensonne aufgeht, hast du Geburtstag. Du liegst schlaflos, wir flüstern und erzählen uns Gutenachtgeschichten, ich muss dir die immer gleichen Geschichten erzählen: Der Morgen graut, wir müssen schon in Frankreich sein. Die Städte tragen schöne Namen. Ich schaue auf dein schlafendes Gesicht, deine fein geschwungenen Augenbrauen, deine langen Wimpern, deinen schönen Mund, wir werden zusammen durch den Jardin du Luxembourg spazieren, an der Seine sitzen und Steine in das Wasser werfen, auf den Eiffelturm klettern, die Tauben mit Baguette füttern, alles, was du dir wünschst. Paris soll dein Geschenk sein, wir müssen es nur auspacken.

Du schlägst die Augen auf, ich singe ein Lied für dich, das von den Spatzen und den Meisen, das von dem Kuchen, der so groß ist wie ein Mühlenstein, und das von dem Gottessegen auf all deinen Wegen, alle Geburtstagslieder, die wir kennen, am Ende singen wir schon einmal das Lied von der Brücke in Avignon. Ein glückliches neues Lebensjahr. Auf dem Tischchen am Fenster steht ein kleiner Schokoladenkuchen mit einer Kerze, deine Geschenke, der Stadtrand von Paris ist auch schon da, du pustest die Kerze aus und wickelst deine Geschenke aus. Du findest deinen ersten Lippenstift und eine Puderdose, so sehr hast du dir diese beiden Dinge gewünscht. In dem winzigen Waschraum schminkst du dich das erste Mal. Endlich stehen wir an diesem Morgen unter dem Dach des Bahnhofs, wir tragen unsere Koffer zur Metro, steigen die Stufen in die unterirdischen Korridore hinab, hoffentlich verlaufen wir uns nicht in diesem Gewirr. Wir gelangen in unser Hotel, ein kleines Hotel mit einem Fahrstuhl, der gerade Platz für uns beide hat, er ruckelt und zuckelt uns bis unter das Dach; ein Wunder, dass wir nicht stecken bleiben. Unser Zimmer ist winzig, das letzte Zimmer am Ende eines Korridors, der mit schweren, roten Teppichen ausgelegt ist. Die Wände sind rot-grün tapeziert. Die Decke über dem großen Bett ist aus rotem Samt, eine kleine königliche Puppenstube. Schauen wir aus dem Fenster, sehen wir direkt in die Fenster des Hauses gegenüber, auf dem Dachsims gurren weiße Tauben, ein Mann wäscht Geschirr, ein Mädchen im Fenster nebenan kämmt sein Haar und steckt es nach oben.

Wir ziehen unsere Sandalen und Sommerkleider an, springen die Treppen nach unten, immer zwei Stufen auf einmal nehmend, der Besitzer vom «Hotel du Marais», der hinter dicken Telefonbüchern Mittagsschlaf hält, lächelt im Traum. Unser erster Spaziergang soll uns zum Place des Vosges führen. Auf die Wiese dieses königlichen Platzes legen wir uns nun, den Kopf in den Nacken gelegt, sehen wir die schönsten Giebel über den Fenstern, Muscheln und Frauenköpfe. Über uns ein blauer Himmel, neben uns Kinder, die Ball spielen und Dreirad fahren. Eine alte Dame, ihr Haar weiß gelockt, führt einen Pudel aus, der eine violette Schleife trägt, es gibt nichts zu tun für uns, wir können den lieben langen Tag im Gras liegen und die Menschen beobachten, die auf diesem kleinen Platz zusammengekommen sind, um sich auszuruhen. Uns fallen die Augen zu, das Klicken der Boulekugeln, das Weinen eines Kindes und der melodiöse Klang einer auf Französisch geführten Unterhaltung zweier Herren im Anzug, die auf einer Parkbank sitzen. Dies ist die Atmosphäre, die unseren Halbschlaf umgibt. Ein Federball fällt vor unsere Füße, er weckt uns auf, wir werfen ihn zurück, erheben uns, klopfen die Grashalme und Blütenblätter von unseren Kleidern und spazieren weiter. Wir durchqueren einen kleinen Park, auf dem Rasen liegen Liebespaare, so viele Liebesleute an einem Ort haben wir noch nie gesehen, sie küssen einander, umarmen sich, streicheln sich zärtlich über Haar und Gesicht oder liegen einfach ineinander verschlungen da, als wäre ein Paradies vom Himmel gefallen, direkt zwischen zwei Straßenkreuzungen. Der Gott der Liebe scheint genau diesen Rasenflecken für sein irdisches Wirken ausgewählt zu haben, und er hat sich natürlich in der Stadt der Liebenden niedergelassen. Überrascht von so viel Liebkosungen wagen wir kaum hinzublicken.

Wir durchstreifen die Straßen. Von hier aus können wir alle noch zu besichtigenden Kirchen, Türme, Straßenzüge und Quais betrachten, ein Meer von Steinen, Fassaden, Fensterscheiben und Dächern, ineinander geschachtelt wie ein riesiger Ausschneidebogen aus Papier. Nur einen winzigen Teil dieser Ansammlung von Architekturen und Zeitepochen werden wir mit unse-

ren Füßen erlaufen können. Auf der kleineren Île aux Vaches, der Kuhinsel, weideten noch während der Regierung von Louis XIII. Rinder, die mit Kähnen übergesetzt wurden. Wir stellen uns die Kühe auf dem Kahn vor und fragen uns, ob der Fährmann das Rätsel mit dem Wolf, dem Schaf und dem Kohlkopf schon kannte, dessen Lösung uns immer von Neuem Kopfzerbrechen bereitet. Wir spekulieren auch heute darüber, in welcher Reihenfolge der Kahn die Tiere und den Kohlkopf an das andere Ufer bringen muss, ohne dass eines das andere gefährdet, gar auffrisst. Weil heute dein Geburtstag ist, darfst du dir in einem französischen Kaufhaus ein Seligkeitsgeschenk auswählen, du möchtest etwas Schönes zum Anziehen, etwas, das es nur hier gibt, etwas, das sonst keiner hat. Ich weiß, dass wir uns jetzt auf eine langwierige und schwierige Suche begeben werden, und nehme Abschied von Brücken, Fluss und Promenaden, bevor wir in das ehrwürdige Kaufhaus «Samaritaine» gehen. Wir finden dann, nachdem wir von Etage zu Etage gewandert und an unzähligen Spiegeln vorbeidefiliert sind, Vorhänge auf- und wieder zugezogen, Kleiderbügel ab- und wieder aufgehängt haben, Etiketten verglichen, Größen ausgetauscht, Stoffe und Farben befühlt und angehalten haben, dein unbedingtes Seligkeitsgeschenk. Ein schulterfreies, weißes Oberteil, bedruckt mit Streublümchen, Vergissmeinnicht, und einen olivgrünen Faltenrock dazu.
Wir bezahlen, nehmen unsere Tüten, steigen all die Etagen wieder hinab und suchen einen Lebensmittelladen.

Wir wollen für ein Picknick an der Seine etwas einkaufen. Wir legen Käse, Weintrauben, Äpfel, Brot, Kuchen und Wein in unseren Korb und gehen mit unserem Einkauf zum Fluss. Wir bleiben auf der Brücke Pont Neuf stehen. Der Legende nach sollen Liebende, die sich unter der Brücke geküsst haben, ein Leben lang zusammenbleiben. Am Ufer der Seine breiten wir unsere Speisen aus. Neben uns eine Gruppe von Spaniern, sie spielen auf ihren Gitarren und singen. Wir teilen das Brot, Schiffe fahren vorüber. Wir sitzen auf der äußersten Spitze der Île de la Cité, die Seine umspült die dunkel glänzenden Steine, eine Ewigkeit vergeht. Wir lehnen uns aneinander und teilen uns eine Strickjacke, die wir um die Schultern ziehen. Wir blicken auf dein noch unbekanntes Jahr, die Tage und Nächte, die noch unberührten, sollen sich reich wie ein Buch aufschlagen. Wir zünden zwei Wunderkerzen an, halten die funkelnden Sterne gegen den Nachthimmel.
Am nächsten Morgen frühstücken wir in der kleinen Patisserie Croissants, Konfitüre und Milchkaffee; wir machen uns auf den Weg zum Montmartre. Du möchtest Amélie treffen, sie selbst, den Gemüseladen oder das Café, ein Zeichen, eine Spur von ihr finden. Wir laufen durch die Gassen von Montmartre, und als wir die Hoffnung schon fast aufgegeben haben, stehen wir direkt vor den Auslagen des Gemüseladens. Der Gemüseverkäufer ist tatsächlich da, wir können mit eigenen Augen sehen, wie er Auberginen, Äpfel und Tomaten mit einem Tuch poliert, Zuckerschoten in ein Körbchen

schichtet und eine Pyramide von Pfirsichen baut. Du fasst dir ein Herz und fragst, ob er sie gesehen hat: Amélie. Er lächelt geheimnisvoll und nimmt dich mit in den Laden hinein. Du darfst dich auf seinen Stuhl hinter der Registrierkasse setzen und dir all die Fotoalben anschauen, die säuberlich Kapitel um Kapitel die Filmaufnahmen zeigen. Du fotografierst mit deinem Fotoapparat die Fotos und wirst sie später entwickeln und als ein Kleinod betrachten. Der Händler des Glücks zeigt dir auch noch das Café, in dem sie saß. Du möchtest auf jeden Fall dort einen Kakao trinken, den Kassenbon hebst du auf, um ihn in dein Tagebuch zu kleben. Am nächsten Tag fahren wir mit der Metro bis zum Gare d'Austerlitz, steigen aus und betreten den Garten Jardin des Plantes. Alleen, Blumenrabatten, Springbrunnen, wir halten Ausschau nach einer Wiese, auf die man sich legen kann. Unter dem Schatten einer Platane breiten wir eine Decke aus und lesen. Ein Vormittag im Garten, die Sonne fällt durch die Blätter, Rosen und Anemonen blühen, wir schreiben Briefe und blättern in Büchern. Ein Pfau schreitet auf und ab und schlägt vor uns sein Rad, wir folgen ihm und öffnen die Tür zu einem gläsernen Gewächshaus. Ein tropisches Klima umgibt uns, Papageien fliegen umher, Kakaopflanzen und Palmen säumen unseren Weg, an dessen Ende ein Wasserfall plätschert. Hier schwimmen rote Karpfen, ihre Fischhaut glänzt magisch in dem Wasserbecken, auf dessen Grunde glücksbringende Münzen liegen, eine Zwergin verschenkt Toastbrot, mit dem wir die Karpfen füttern. Wir verlassen den Park und spazieren durch das Viertel St.Germain-des-Prés. Am Place St-Michel, unter der Fontäne mit dem heiligen Michael, dem Drachentöter, machen wir eine Pause. Unterwegs haben wir ein Pappschächtelchen mit Himbeeren gekauft, du steckst dir je eine Himbeere auf die Fingerspitze und isst sie eine nach der anderen auf. Deine Hände und deine Lippen sind rot von den Früchten, wir werden diese frühsommerliche Zeit in unsere Taschen und Koffer packen, die Treppen hoch- und hinunterlaufen, den Nachtzug am Gare du Nord wieder besteigen und nichts vergessen von einer Reise in dein vierzehntes Jahr.

Der Zug fährt die gleiche Strecke. Hin und zurück. Die Eisenbahnlinie, der Nachtzug, die Verbindung, an der unser Sommerglück, unser erstes, entgleiste. Ich stand am Bahnsteig im Januar. Es passiert immer im Januar, welch eisheilige Verschwörung findet da statt. Welche Heiligen rächen sich an mir und meiner Unbedarftheit. Du warst auf einer längeren Arbeitsreise in Frankreich. Ich stehe auf dem Bahnsteig Berlin Ostbahnhof. In der Hand eine Blüte, diese schützend in Papier gewickelt. Weil es so eisig ist. Kalt. Du steigst nicht aus. Ich bin jetzt schon jeden Wagen abgeschritten. Alle sind sie ausgestiegen. Der Bahnhof ist leer. Du bist nicht da. Ich ahne Schlimmes. Als ich nach Hause komme, ist die Blüte erfroren. Ganz schwarz geworden, ich werfe sie in den Mülleimer. Das bedeutet nichts Gutes. Besuch ist

da. Ich lächle. Nein. Nein. Er war nicht im Zug. Wahrscheinlich kommt er etwas später. Wie soll ich denn dein Fernbleiben, dein Ausbleiben rechtfertigen. Stunden später klingelt es an der Tür. Du kommst herein. Du hast uns etwas mitgebracht. Ich habe es bis heute noch nicht anziehen können. Du bist fahrig, ungeduldig, hastig. Etwas stimmt nicht an der Geschichte mit dem: Ich wollte noch einen Kaffee trinken am Bahnhof Zoo. Aber du musstest doch wissen, dass ich da stehe. Auf dem anderen Bahnsteig. Mit der erfrorenen Blüte. Das kleine Mädchen, Tochter von unserem Besuch, klettert auf deinen Schoß. Sie trägt selbst gemachte Engelsflügel. Mir ist ganz unbehaglich.
Ich sehe dich durch diesen kalten Morgen durchsichtig an. Du sagst, du musst gleich wieder fort. Arbeiten. Aber du bist doch gerade erst gekommen. Das neue Jahr, wie beginnt das denn. Dann mache ich eben eine Maschine Buntwäsche. Ich leere den Wäschekorb. Dann öffne ich den Reißverschluss deiner Tasche. Ich weiche zurück. In deiner Tasche sind lauter Mädchenkleider. Kleine, dir und mir nicht passende Hosen. Pullover. Schuhe, Unterwäsche. Lauter persönliche Dinge. Dein Schreibheft, das ich dir zu Weihnachten geschenkt habe. Darin stehen Sachen, die nicht zu unserer Wirklichkeit gehören. Der Boden öffnet sich und verschluckt mich. Ich rufe dich an. Du kommst jetzt bitte hierher. Nein, nicht später. Du kommst jetzt augenblicklich her. Ich will dich sehen. Jetzt gleich. Du beschwerst dich, dass ich deine Tasche geöffnet habe. Aber Moment mal.

Du bist wütend, zerreißt deine Schreibhefte, willst sie gleichsam für ungültig, für nichtig, für überflüssig erklären. Hier an diesem Tag ist unsere Geschichte eigentlich beendet. Klafft ein großes schwarzes Loch. Wir kämpfen für unser Überleben. Und dann auch noch Besuch. Der sitzt am Tisch und verkörpert die moralische Instanz. Unter dem Druck der Öffentlichkeit ist das ja gar nicht zu klären. Ich bitte sie abzureisen. Hier in diesen Tagen schließe ich den Kontrakt aus Verrat und Verzeihen. Verrat an mir. Ich bin so entblößt. Ich stehe da und habe schon verloren. Du arbeitest viel. Und nachts träumst du in einer fremden Sprache. Wachst auf mit fremden Namen im Schlaf. Ich rüttel und schüttel dich wach, damit du die falschen Namen abwirfst. Aber die wohnen schon als Schattengänger in meinen Wänden. Schleichen umher. Warum musst du auch sprechen im Schlaf, mit trockenen Lippen, ich will nicht wissen, was du träumst. Ich will es nicht mehr wissen, hörst du. Ich schütte dir kaltes Wasser in dein Gesicht, ich schneide dir die Zunge heraus. Ich stelle dich auf den Balkon zu den gefrorenen Bäumen. Es hilft nichts. Mein Schlafzimmer, unser weißes Zimmer – ist zu einer Gespensterkammer geworden. An den Wänden laufen Schriftzüge und Scheinwerfer entlang. Immer häufiger kommst du in den frühen Morgenstunden. Im Morgengrauen. Im Mitternachtsgrauen. Überhaupt im Grauen. Du sagst, du bist beim Arbeiten eingeschlafen und hast auf fremden Sofas übernachtet. So viele Teppiche, Fußböden, Couchgarnituren, zusammengeschobene Stühle gibt es gar nicht in der Stadt. Ich liege in unserem weißen Bett, regungslos erstarrt. Wo soll ich denn suchen. Ich wähle deine Nummer. Du gehst nicht ans Telefon. Ich bin ein Zwerg. Mein Mut ist zusammengeschrumpft auf Zwergengröße. Ich sitze auf dem Boden und rüttele an den Hoffnungswänden herum. Ich schleiche barfuß zur Wohnungstür und schließe sie auf und zu. Die ganze Nacht. Ich verknote die Messingtürklinken mit schwarzem Sternzwirn. Ich stelle Fallen auf. Ich hebe den Parkettboden aus und lege Nattern in die entstandene Grube. Ich stelle Posten Ecke Esmarch-, Ecke Pasteurstraße auf. Finstere Mantelkäfer, die dir auflauern. Mir Signale geben, wo du bist. Ich kauere auf der Schwelle, lege mein Ohr an die Tür zum Treppenhaus. Deine Schritte höre ich nicht. Ich hämmere Nägel auf die Stufen, in denen du dich verfangen sollst. Ich halte meinen Kopf unter das kalte Wasser gegen das Fieber. Ich beruhige mein Kind und bringe ihm Hustensaft. Ich schaue Spätfilme. Die Nächte werden länger. Mein Stolz sinkt. Im Morgengrauen, immer noch im Grauen, lege ich mich wieder ins Bett. Ich stelle mich schlafend. Ich schließe die Augen und blinzle in den Tag. Du kommst mit einer Tüte Brötchen, der Süddeutschen und bist gutgelaunt. Du signalisierst mir, alles ist gut. Das war, ist und bleibt eine wirklich einmalige Affäre. Du sagst, du willst bei mir bleiben, bei mir sein. Ich beginne mich vermutlich einzurichten in einer solch doppelten Welt. Zweigleisig. Darum also bist du nicht aus dem Zug gestiegen. Weil du noch einen letzten Kaffee

mit deiner Geliebten getrunken hast. Abschiedsküsse. Abschiedsumarmungen. Den Bahnhof Zoo kann ich auch nicht mehr leiden. Seitdem. Ich weiß nie, wo ihr sitzt. Und dann kommst du zu mir. Begrüßungskuss. Begrüßungsumarmung. So nah liegt das nebeneinander.
Und in diesem Zug Berlin–Paris. Also. Du hast es in dein Buch geschrieben. Unvorsichtigerweise. Das war keine Fantasie. Das war Realität. Jetzt liege ich mit meinem Kind im Schlafwagen. Und passe auf, dass mich das Netz über meinem Bett festhält. Dass ich nicht hinausfalle in der Nacht. In Paris schreibe ich dir aus den morgendlichen Straßencafés lange Briefe. Auf Schritt und Tritt verfolgst du mich in dieser Stadt. Auf einem kleinen Platz sehe ich dich Tauben füttern, du holst aus deinen Hosentaschen Krumen und streust sie den Tieren hin. Ich betrachte die sich küssenden Paare und weiß, ich gehöre nicht mehr dazu. Du hast deine Küsse in dieser Stadt schon eingelöst und mir keine mehr übrig gelassen. Du spukst in meinem Kopf herum. Du bist da einfach eingezogen. Und hältst alle meine Räume besetzt. Du zwingst mich mit deinen Augen zu sehen, mit deinen Ohren zu hören, mit deinen Sinnen zu fühlen. Wie bist du so in meinen Kopf hereingekommen. Du Tag- und Nachtgespenst. Du. Geh da wieder raus. Du hast dann vergessen, uns vom Zug abzuholen.

Berlin. Ostbahnhof. Wir standen mit den Koffern und den Geschenken auf dem Bahnsteig. Du warst nicht zu sehen. Irgendetwas hat es mit dieser Linie auf sich. Wir haben uns ein Taxi genommen und dich geweckt. Croissants gefrühstückt. Das Kind in die Schule gefahren. An diesem Morgen, im Juni, hast du mich das letzte Mal geliebt. Ich habe die französische Unterwäsche angezogen, die sehr gut sitzt. Schwarz, mit weißer Spitze. Und ein ausgesprochen gutes Dekolleté macht. Du hast mir die Wäsche ausgezogen. Ich frage mich ja wirklich, ob das nicht eine Erfindung der Brüsseler Spitzenindustrie ist. Frauen in Reizwäsche. Erotische Botenstoffe. Welche Botschaften sollen da überhaupt transportiert werden. Außer: Zieh mich aus. Plötzlich sind die edlen, spitzenbesetzten, raffinierten Wäschestücke ganz schnell zu kleinen, hastig weggeworfenen Stoffen geworden. Die man danach unter der Heizung oder dem Kopfkissen findet und liebevoll glatt streicht. Weil unangesehen, unbefühlt geblieben. Doch, einmal hast du geträumt von mir als Nummerngirl. Von mir in schwarzer Wäsche, mit goldenen Nummern darauf. Großartig. Ich, die Frau deiner Träume. Das scheint jetzt aber nicht mehr der Fall zu sein. Auf jeden Fall hat mich die Fachverkäuferin vom Kaufhaus Samaritaine richtig beraten. Paris ist also doch noch angekommen. Der Liebeskreis hat sich geschlossen. Die Stadt der Liebe hat es bis in mein Bett geschafft. Und hat mir ein letztes Geschenk gemacht. Einen krönenden Abschluss geschaffen. Ich habe ja beim Dich-Lieben, beim Dich-Begehren nicht gewusst, dass es das letzte Mal ist. Dann hätte ich dich ganz einfach festgehalten.

Ich hätte dich langsam einverleibt. Dich verspeisen können. So wie Penthesilea. Ich muss noch einmal bei Kleist nachsehen, wie genau sie das getan hat. Ich würde dir die Zähne ins Fleisch schlagen und große Stücke herausbeißen. Ich würde dich ganz und gar herunterschlingen. Kein Haar mehr würde ich übrig lassen. Da hilft kein Bitten und Flehen. Meine Priesterinnen stehen am Fußende und streuen geweihte Rosenblätter. Meine wilden Tiere warten aufgebäumt an den Wänden. Ihre Zungen flattern, ihr Atem geht fauchend. Jaguar, Leopard und Tiger. Stehen zum Angriff bereit. Auf mein Zeichen springen sie in deinen Nacken und beißen ihn durch. Jetzt fällst du mir zu. Was für eine Beute, was für ein Opfer. Jetzt tauschen wir die Rollen. In diesem letzten Liebesakt, den du mir gönnst, werde ich dich zu meinem Besitz machen. Du schaust mir in die Augen. Die Priesterinnen singen und lindern deinen Schmerz. Ohnmächtig sinkst du in meine Arme. Die zarte Spitze ist ganz blutig geworden. Ich küsse deine blutenden Lippen. Deine wirren Haare. Damit hast du nicht gerechnet. Lieber Achill. Dass es so böse ausgeht. Es gibt kein Erbarmen, nur noch Rache. Aber es wird ein schönes letztes Liebesfest. Dieses Fest beendet dieses klägliche Dasein. Diese erniedrigenden Versuche, ins Dasein einzudringen. Wir werden groß und unvergesslich. Unversöhnlich. Ich lese deine Knochen zusammen und stelle sie Herrn Brendel auf den Balkon. Der kann sie morgen früh mit seinen unheimlich gefüllten Plastiktüten entsorgen. Es riecht ja ohnehin nach Leiche aus seiner Wohnung. Die blutige Bettwäsche stecke ich in einen Sack und bringe sie in den Waschsalon. Ich trinke einen Cappuccino nebenan und warte, bis die 90° Celsius Wäsche durchgelaufen ist. Ich habe die doppelte Portion Waschpulver genommen. Wegen der Flecken. Alles rausgegangen. Du bist komplett rausgegangen aus meinem Leben. Ausgebleicht. Aufgelöst. Ich mangle das Kopfkissen, den Bezug, das Laken. Trage die Bettwäsche nach Hause. Die Tiere sind schon wieder in den Wäldern, sie lassen dich grüßen. Ich bin erleichtert. Immer, wenn ich in meinen Kleiderschrank schaue, liegt da die Wäsche vom Kaufhaus Samaritaine. Ich muss an dich denken und daran, dass ich dich jetzt gefressen habe. Dein Fehlen bleibt unbemerkt. Ich weiche dein Namensschild vom Briefkasten ab. Und schicke alle ankommenden Briefe an «unbekannt verzogen» zurück. Ich verleugne dich, es gibt dich nicht mehr. Ich kann keine Auskunft mehr über dein Leben geben. Ich habe es beendet. Nur die Katzen wissen Bescheid. Sie waren Zeugen dieses Liebesmahls und haben an diesem Tag ihr Futter verschmäht. Ich weiß, es klingt grausam, aber es war besser so. Für dich und für mich. Für immer einverleibt. Das ist mehr als der Leib Christi in der Gestalt einer Hostie. Wiederauferstanden. Aber du bist wieder aufgestanden. Anfang und Ende.

Begonnen haben wir ganz in Weiß. Auf dem Familienfoto zum Geburtstag meiner Mama sind wir zu sehen. Ein Paar. In guten Kleidern und mit strahlendem Lächeln. Unsere ganze Familie steht da. Bruder mit Freundin, der andere Bruder mit Freundin, Schwester mit Freund, ich mit Freund. Die Kinder. Papa. Mama, in der Mitte. Wir umtanzen sie, fassen uns an den Händen, bilden einen Kreis und singen. Die anderen Gäste distanzieren sich. Unsere Familie ist ihnen etwas peinlich. So entfesselt und so unberechenbar. Du wirst sofort aufgenommen in den Kreis. Alle gehen davon aus, dass du jetzt mein Mann bist, mein Ehemann wirst. Um meine Hand anhältst. Sie fassen deine Hände, umarmen dich von allen Seiten, preisen deine Stimme, deine Zärtlichkeit, deinen Umgang. Überhaupt bist du das Beste, was mir passieren konnte. Ich bin glücklich und stolz mit einem so schönen und klugen Mann an meiner Seite. Wir tanzen bis in den späten Abend hinein und singen alle Lieder, die uns einfallen. Glück auf. Glück auf. Der Steiger kommt. Und er hat sein helles Licht bei der Nacht. Und er hat sein helles Licht bei der Nacht schon angezündet. Glück auf. Glück auf. Du kennst die Lieder nicht. Aber ich werde sie dir alle beibringen. Alle meine Kinder-, Wander- und Bergarbeiterlieder. Weil die Betten an diesem Abend für die große Familie nicht genügen, schlafen wir in einer Unterkunft. Von einem ehemaligen volkseigenen Betrieb. Eine zweistöckige Baracke, in der sonst polnische Bauarbeiter schlafen. Die Schwestern mit ihren Männern schlafen außerhalb. Was für ein Gleichklang. Alle sind heute gut untergebracht. Gut untergekommen. Im Wohnzimmer der Bauarbeiter, die an diesem Wochenende bei ihren

Familien sind, sitzen wir auf der Couch. In der riesigen Schrankwand ein Fernseher, der nicht funktioniert. Wir teilen uns noch ein Bier. Auf dem Couchtisch steht ein Schleudersitz. In genau der gleichen Farbe wie die gesamte Wohnzimmereinrichtung. Der Schleudersitz stammt aus einem Kinder-Überraschungsei-Bausatz. Es ist ein schreckliches Spielzeug. Wir müssen den Stuhl immer wieder in die Höhe schnellen lassen. Die Puppe wird festgeschnallt und fliegt dann umher. Wir sind den ganzen Abend mit dem elektrischen Stuhl und der herausfliegenden Puppe beschäftigt. Auf der Rückreise fahren wir durch das Mansfelder Land. Durch Orte, die du noch nie gesehen hast. Meine weite Heimat. Sie ist tatsächlich grau. Die Straßen führen direkt an den Wohnzimmern vorbei. Die Fassaden sehen aus wie verätzt. Wie nach einem Säureattentat. Der neue Quelleshop an der Kreuzung tröstet nicht über die Tristesse hinweg. An den Bahngleisen, die ins Nirgendwo führen, stehen zwei Mädchen, die sich die Augenlider hellblau angemalt haben, in ihren Bauchnabeln stecken bunte Glitzersteine. Sie werfen ihre blondierten Haare zurück. Die Fernfahrer hupen. Was wollen sie hier. Wir fahren weiter. Auf der Durchreise zu einem großen Leben. Wir können jede noch so triste Heimat hinter uns lassen, jeden Begriff, jede Bedeutung. Wir können uns neu erfinden. Unseren Mikrokosmos zu einem Makrokosmos werden lassen. Die Trauer der Städte kann uns nichts mehr anhaben. Und tatsächlich, zur Rechten liegt ein Mohnfeld. Kurz hinter dem geplanten Autobahnabschnitt, der in eine andere Welt führt. In den Westen. Darin muss noch Elli aus Kansas liegen. Mit dem schlauen Urfin und seinen Holzsoldaten und dem Löwen. Hier geht es direkt zum Zauberer der Smaragdstadt. Wir springen aus dem Auto, werfen uns in das rote Blütenfeld. Mit ausgebreiteten Armen lassen wir uns rücklings in die Blüten fallen. Mein Kind nimmt alle Blumen in den Arm. Und verschwindet darin. Wir kullern das Feld hinunter, die Kapseln brechen auf. Wir trinken weiße Mohnmilch und schlafen langsam am Feldrain ein.

An einem Samstagmorgen kaufe ich das schwarze Kleid. Es geht mir bis zum Knie. Kurze Ärmel. Eine Näherin hat schwarze Perlen darauf gestickt. In Blütenform. Ich lasse das Kleid in eine Papiertüte packen. Ich will es heute Abend zum Fest tragen. Deine Mutter hat Geburtstag. Sie liebt Blumen. Also kaufe ich Blumen und Erde. Ich pflanze die Blumen in die Töpfe. Meine Hände sind schwarz. Du bist nicht da. Nie bist du da, wenn man dich braucht. Und wieso pflanze ich die Blüten für deine Mutter ein.
Du hast mir deine Verpflichtungen anvertraut. Die wichtigen Termine und Festtage in meine Hände gelegt. Du hast gesagt, du kommst später. Immer kommst du später. Und dann ist es zu spät. Du verpasst mit traumwandlerischer Sicherheit die wichtigsten Dinge. Das Kleid hängt auf einem Kleiderbügel. Die Blumentöpfe stehen in einer Reihe. Der Kuchen ist gebacken. Jetzt

fehlst nur noch du. Wo bist du denn schon wieder. Nun muss ich dich suchen. Wir wollten doch zusammen fahren. Ich gehe den Berg hoch. Schon wenn ich in die Straße einbiege, ist mir unbehaglich. Ich gehe durch das große Tor. An Kinderwagen und Fahrrädern vorbei. Die Treppe nach oben. Es werden immer mehr Stufen, mein Atem wird immer kürzer. Ich klingle an deiner Tür. Ich höre deine Schritte. Dann ist ja alles gut. Du bist da. Du öffnest mir die Tür. Aber das bist nicht du. Das Mädchen, das ich schon einmal gesehen habe, steht vor mir. Das Mädchen, das neben dir stand, als dein nackter Körper in fremde Laken gewickelt war. Das Mädchen öffnet die Tür von innen. Es denkt, ich bin du. Wir stehen fassungslos voreinander. Sie macht eine Bewegung auf mich zu. Ich von ihr weg. Sie trägt Arbeitskleidung, in der Hand einen Spachtel. Sie arbeitet in deiner Wohnung. Sie verspachtelt die Löcher in deiner Wand mit Gips. So lässt du also für dich arbeiten. Ich pflanze die Blumen für deine Mutter in mein Grab, sie rührt den Gips an. Ich weiche zurück. Ich falle die Treppen hinunter. Ich stürze den Berg hinab. Meine kindische Hoffnung auf Nimmerwiedersehen ist erloschen. Meine Hoffnung, dass alles wieder gut wird, die fremden Mädchen verschwinden, ist zunichtegemacht. Du Blaubart. Du Schlossherr. Du Verräter. In deinem oberirdischen Verlies hast du sie alle eingesperrt. Die Jungfrauen. Das Blut an den Wänden. Deine Waffen sind die Lüge, die Untreue und die Gedankenlosigkeit.

Du versorgst die Jungfrauen mit Versprechungen. Sie

schenken dir ihre Körper, und du raubst ihnen den Verstand. Einmal kam ein goldener Wagen angefahren, hielt vor dem Haus still, und ein König stieg aus und bat den Mann, er möchte ihm seine Tochter zur Gemahlin geben. Der Mann war froh, und sagte gleich Ja, es war auch an dem Freier gar nichts auszusetzen, als dass er einen ganz blauen Bart hatte, sodass man einen kleinen Schreck kriegen konnte, sooft man ihn ansah. Das Mädchen erschrak auch anfangs davor und scheute sich, ihn zu heiraten. Doch weil es so eine Angst fühlte, ging es erst zu seinen drei Brüdern, nahm sie beiseite und sagte, liebe Brüder, wenn ihr mich schreien hört, wo ihr auch seid, so lasst alles stehen und liegen und kommt mir zu Hülfe.

Darauf setzte es sich in den Wagen zu dem Blaubart und fuhr mit ihm fort. Wie es in das Schloss kam, war alles prächtig, und was die Königin nur wünschte, das geschah, und sie wären recht glücklich gewesen, wenn sie sich nur an den blauen Bart des Königs hätte gewöhnen können, aber immer, wenn sie den sah, erschrak sie innerlich davor. Nachdem das einige Zeit gewährt, sprach er, ich muss eine große Reise machen, da hast du die Schlüssel zu dem ganzen Schloss, du kannst überall aufschließen und alles besehen, nur die Kammer, wozu dieser kleine goldene Schlüssel gehört, verbiet ich dir, schließt du die auf, so ist dein Leben verfallen. Sie nahm die Schlüssel, versprach ihm zu gehorchen, und als er fort war, schloss sie nacheinander die Türen auf und sah so viele Reichtümer und Herrlichkeiten, dass sie meinte, aus der ganzen Welt wären sie hier zusammengebracht. Es war nun nichts mehr übrig als die verbotene Kammer, die Neugierde fing an, sie zu plagen, und sie hätte lieber all das andere nicht gesehen, wenn sie nur gewusst, was in dieser wäre. Wer wird es sehen, dass ich sie öffne, sagte sie zu sich selbst, ich will auch nur einen Blick hineintun. Da schloss sie auf, und wie die Türe aufging, schwamm ihr ein Strom Blut entgegen, und an den Wänden herum sah sie tote Weiber hängen. Sie erschrak so heftig, dass sie die Türe gleich wieder zuschlug, aber der Schlüssel sprang dabei heraus und fiel in das Blut. Geschwind hob sie ihn auf und wollte das Blut abwischen, aber es war umsonst, wenn sie es auf der einen Seite abgewischt, kam es auf der anderen wieder zum Vorschein, sie setzte sich den ganzen Tag hin und rieb daran und versuchte alles Mögliche, aber es half nichts, die Blutflecken waren nicht herauszubringen, endlich am Abend legte sie ihn ins Heu, das sollte in der Nacht das Blut herausziehen. Am andern Tag kam der Blaubart zurück, und das Erste war, dass er die Schlüssel von ihr forderte. Er zählte sie alle, und wie er fertig war, sagte er, wo ist der zu der heimlichen Kammer. Dabei sah er ihr in das Gesicht. Sie war blutrot und antwortete, ich habe ihn im Heu verloren, da muss ich erst suchen. Du hast ihn nicht verloren, sagte der Blaubart zornig, du hast ihn dahin gesteckt, damit die Blutflecken herausziehen sollen, denn du hast mein Gebot übertreten und bist in der Kammer gewesen. Nun bereite dich zum Tode, du sollst heute noch sterben. Lass mich nur noch vor meinem Tod ein Gebet tun, sagte sie. So geh, aber eile dich, ich habe keine Zeit, lange zu warten. Da lief sie die Treppe hinauf und rief, so laut sie konnte, zum Fenster hinaus. Brüder, meine lieben Brüder, kommt, helft mir. Dabei hörte sie, wie er auf der untersten Stufe sein Messer wetzte, sie sah hinaus, aber sie sah nichts als von ferne einen Staub, als käme eine Herde gezogen. Da schrie sie noch einmal. Brüder, meine lieben Brüder. Kommt, helft mir. Und ihre Angst ward immer größer. Der Blaubart aber rief. Wenn du nicht bald kommst, so hol ich dich, mein Messer ist gewetzt. Da sah sie wieder hinaus und sah ihre drei Brüder durch das Feld reiten, als flögen sie wie Vögel in der Luft, da schrie sie zum dritten Mal in der höchsten Not und aus allen Kräften. Brüder, meine lieben Brüder. Kommt, helft mir. Der Blaubart aber rief. Nun ist's genug gebetet, ich will nicht länger warten, kommst du nicht, so hol ich dich. Er kam die Treppe heraufgegangen und zog sie hinunter, und eben hatte er sie an den Haaren gefasst und wollte ihr das Messer ins Herz stoßen, da schlugen die drei Brüder an die Haustür, drangen ein und rissen sie ihm aus der Hand, dann zogen sie ihre Säbel und hieben ihn nieder. Da war er in der Blutkammer aufgehängt zu den anderen Weibern, die er getötet, die Brüder aber nahmen ihre liebste Schwester mit nach Haus, und alle Reichtümer des Blaubarts gehörten ihr.

Darum also arbeitet das Mädchen mit weißer Farbe und Gips an deinen Wänden. Um die Spuren zu beseitigen, um die Löcher von den Haken der Gehenkten in der Wand zu schließen. Um die Kammer zu weißen. Ich laufe schnell in meine Wohnung zurück. Verriegle die Tür von innen. Lege Schlösser und Siegel davor. Nehme Pech und Schwefel und verstopfe alle Ritzen. Du sollst nicht in meine Räume einbrechen, mit den Messern deiner vielgestaltigen Liebe. Aber da sitzt du schon in meinem Zimmer und lächelst. Du weißt nicht, was ich eben gesehen habe. Du weißt nicht, was ich eben erlebt habe. Du hältst deine Verstecke für sicher. Ich frage in dein Lachen hinein, was das zu bedeuten hat. Du hast doch gesagt, es gibt sie nicht mehr. Du hast doch versprochen, du siehst sie nicht mehr. Du hast doch gesagt, du liebst sie nicht mehr. Du hast doch gesagt, ich soll keine Angst haben. Du hast doch gesagt, alles wird wieder gut. Du sagst, sie hilft dir nur in deiner Wohnung. Weil sie so geschickt im Umgang mit Werkzeug ist. Ich glaube an nichts mehr, kein Wort. Und jetzt müssen wir zu deinen Eltern fahren. Sie warten auf uns. Du bittest mich. Du möchtest kein Aufhebens. Du möchtest, dass das Leben so weitergeht. Dass niemand von den Unfällen im Alltag erfährt. Das Bild soll sich erhalten. Und ich arbeite mit. Ich bin schon so tieftraurig, dass es auch nicht mehr auffällt. Ich kann nun mein schwarzes Kleid anziehen. Das passt ja. Die Blumen auf den Schoß nehmen. In was für einem Leben bin ich hier gefangen. Es ist mir nicht mehr bekannt. Ich bin eine Gefangene. Ich sitze neben dir, verurteilt zum Weiterfahren. Das Kind auf der Rückbank. Die Kassette mit dem Lied von Paula im Auto. Sie singt. Als es passierte, stand die Sonne schon hoch am Himmel. Der Nachmittag brachte eine Antwort und die Erlösung. Vorbei am Moabiter Gefängnis und am Westhafen. In den Teil der Stadt, in dem ich mich nicht mehr auskenne. Die Stadt deiner Kindheit. In ein Viertel, wo das Gras zwischen den Pflastersteinen wächst. Du zeigst mir deine alte Schule, den See, in dem du gebadet hast. Wir klingeln an der Pforte. Ich schaue zu den Fenstern deiner Wohnung hoch. Deine Eltern stehen dahinter. Die Gartentür öffnet sich. Ich trete mit meinem Kind und dir und den Blumen über die Schwelle. Wir sehen fast wie eine Familie aus. Man sieht uns das Unglück nicht an. Ich schweige, meine Brust mit Erde ausgeschlagen. Meine Sprache liegt darunter. Deine Eltern stehen oben an der Tür. Ich reiche ihnen die Hand, ich umarme sie. Einen herzlichen Glückwunsch. Im Korridor hängen deine Kinderbilder, du noch in aller Unschuld. Mit deinem Kinderlächeln. Hätte ich dich so kennengelernt. Wären wir bloß nicht erwachsen geworden. Wir könnten zusammen Geige spielen oder Verstecken. Nun ist alles kompliziert geworden. Verheddert. Dein Vater nimmt meine Jacke ab und hängt sie auf. Deine Mutter geht in die Küche. Im Backofen ist der Sauerkrautauflauf. Mit Möhren, Kartoffeln und Fleischklößchen. Dein Lieblingsessen. Deine Eltern sind sehr freundlich zu mir. Aber ich glaube, sie hätten für dich lieber eine von den Jungfrauen aus dem Versteck. Ein Mädchen, das dir Kinder gebärt, die sie dann in ihre Arme schließen können. Ich trage die Teller in die Küche und lege die Gabel links und das Messer rechts neben den Teller. Du faltest die Servietten. Dein Vater öffnet den Wein. Wir sitzen an einem Tisch. Die unvermeidliche Frage wird gestellt. Wie geht es euch. Ich nicke knapp. Soll ich die Wahrheit sagen. Nein, lieber nicht. Es sind schon genügend Menschen verletzt worden. Ich möchte gerne etwas Schönes, Leichtes, Unverfängliches sagen. Meine Kehle ist verschnürt. Du übernimmst. Ich stochere mit der Gabel in dem Sauerkrautauflauf umher. Eine Träne fällt auf die Kartoffel. Es hat niemand gesehen. Ich streue Salz auf die Träne und esse sie mit. Die erste Träne ist schuld. Sie zieht das Wasser an. Meine Augen füllen sich. Ich möchte auf keinen Fall am Tisch deiner Eltern weinen. Diese Schmach. Ich suche meine Brille. Ich verlasse den Tisch. Ich gehe in das Badezimmer und schließe mich ein. Die Bademäntel deiner Eltern so vertraut nebeneinander. Die Handtücher gefaltet. Auch hier dein Bild an der Tür. Mit Brille und Ringelpullover. Ich bin umzingelt. Wie komme ich aus diesem Badezimmer, aus dieser Wohnung ungesehen wieder hinaus. Mir wird heiß und kalt. Ich lasse das kalte Wasser in das Waschbecken laufen. Meine Augen brennen. Das Wasser soll sie kühlen. Ich lasse das Wasser über die Handgelenke laufen. Ich benutze das Parfüm deiner Mutter und stelle mich wieder her. Ich kehre an den Tisch zurück. Du hast die Unterhaltung übernommen und wirfst mir einen prüfenden Blick zu. Mein Kind nimmt meine Hand. Ich lächle. Zwanghaft. Das Essen geht weiter. Eine Henkersmahlzeit. Aber es ist doch ihr Geburtstag. Eine nächste Träne fällt auf die Kartoffeln, eine in das Sauerkraut, zwei in die Fleischklößchen, drei in die Möhren, die anderen in den Wein. Ich drücke das Glas in das Auge. Weg da. Aber es gibt kein Halten mehr. Das Wasser bricht sich Bahn, über den Augenrand. Ich möchte mich hier nicht so gehen lassen. Ich will mich zusammenreißen. Die Tränen sollen versiegen. Je mehr ich mich bemühe, desto schlimmer wird es. Ich möchte mich gerne in das Tischtuch schlagen und eine Ewigkeit weinen. Die Teller wegfegen, das Essen auf dem Boden verzehren. Es ist alles zu spät. Wir brechen auf. Sie haben es gemerkt. Entschuldigung. Ja, es tut mir leid. Auf Wiedersehen. Vielen Dank für die Einladung. Das kommt nicht wieder vor. Du führst mich am Arm das Treppenhaus hinunter. Deine Eltern stehen an der Tür und winken. Durch das Gartentor, bis zum Auto. Du öffnest die Wagentür. Ich steige ein, deine Gefangene. Bitte. Ich schnalle mich an. Du startest den Wagen. Anhalten. Sofort anhalten. Lass mich hier heraus. Lass mich hier sofort heraus. Ich sitze auf der Bordsteinkante. Vor deiner alten Schule. Die Straße ist dunkel. Der Löwenzahn neben mir hat seine Blüten geschlossen. Ich weine. Ich weine so bitterlich, wie ich nie geweint habe. Der Himmel mit den Stadtsternen über mir. Ihr steht vor mir. Hilflos. Ratlos. Was macht man mit einer so schluchzenden und verweinten Frau. Die auf der Bordsteinkante sitzt. Alle Tränen, die verschluckten, die versiegelten, die angestauten, treten heraus. Ich möchte nach

Hause. Ich weiß nicht, wo mein Zuhause ist. Ich möchte, dass du mich umarmst. Ich möchte so gern, dass du mich tröstest. Ich möchte, dass du mich in deine Arme nimmst und hier in dieser dunklen Straße in den Schlaf wiegst. Du zündest dir eine Zigarette an und gehst zum Auto. Mein Kind setzt sich neben mich und streichelt meinen Arm. Meine Fassung ist dahin. Meine Vorhaben aufgelöst. Ich habe keine Kraft mehr für die Verstellung. Ich bin allein. Fremd in dieser Stadt. Bring mich nach Hause. Das Licht der Bogenlampen fällt in das dunkle Auto. Paula singt nicht mehr. Die Straßenschilder markieren den Heimweg. Du beißt dir auf die Unterlippe. Ich weine still. Es gibt keine Taschentücher mehr. Du hältst vor unserer Haustür. Du öffnest die Tür. Du greifst über mich hinweg. Mein Kind und ich steigen aus. Wir stehen auf der Straße. Du bringst mich nicht nach oben. Du fährst davon. Mein Kind schließt die Haustür auf. Durch das dunkle Treppenhaus. Ich falle auf das Bett. Mein Kind bringt einen kalten Waschlappen. Ich ziehe das schwarze Kleid aus, die schwarzen Perlen fallen zu Boden. Ich bin verloren. Ich weine die ganze Nacht. Ich wollte das nicht. Es ist kalt im Zimmer. Mein Kind legt sich zu mir. Es schüttelt die Kissen auf. Lass uns schlafen gehen. Es gibt heute keine Geschichte mehr. Es tut mir leid. Die Sterne haben ihr Licht verloren. Sie sind entrückt. Nicht einmal mehr der große Wagen ist zu sehen. Die Deichsel ist zerbrochen. Die Lieder sind verstummt.

Die goldenen Zeiger der Immanuel-Kirchturmuhr zeigen auf vier. Ich fahre auf meinem Fahrrad die Stadtserpentine entlang. Parallel zur Straßenbahnschiene. Alles in Bewegung. Keine Unterbrechung. Eine Atemhast. Niemand registriert den fallenden Schnee. Keine Schneeflocke tanzt. Da sehe ich dich. Hilfe. Nein. Bitte nicht. Ich möchte mit meinem Fahrrad in einem Schneeloch verschüttet werden. Sofort. Ich kann nicht mehr ausweichen. Du kommst mir entgegen. In deiner Hand zwei Einkaufstüten. Eine von Kaiser's und eine Stofftüte, aus der Porree ragt. Seit wann isst du Porree. Neben dir ein Mädchen, das kannte ich noch nicht. Du starrst mich wortlos an. Ich rufe dir schon über die Stadtsträucher zu. Kannst du mich bitte vorstellen. Ja. Hallo. Das Mädchen starrt mich an. Warum starrt ihr mich so an. Mir fehlt jede Contenance. Ich habe nicht mehr zu sagen als: Seid ihr jetzt ein Paar, ich war nämlich vorher ein Paar. Das wissen wir noch nicht. Das kann möglich werden. In drei Zehntelsekunden taxiere ich ihre Gesichter. Vielleicht, wenn sie zusammen den Porree mit Speck, Sahne und Kartoffeln gegessen haben, werden sie ein Paar. Spülen sie die Teller ab und legen sich in ein Bett und decken sich zu. Ich bin neidisch. Und stehe hier wie entblättert. Schnee fällt auf mich. Eine Ewigkeit. Aus mir fallen komische Sätze. Warum stürzt keine Schneelawine auf uns. Begräbt uns, bis der Hund mit dem roten Mantel uns steif gefroren aus dem Schnee zieht. Nur ich möchte dann überlebt haben. Ich bin solchen Situationen, solchen eindeutig hoffnungslosen Situationen, noch nicht gewachsen. Ich schaue dich an. Warum bist du so bleich geworden, so zersetzt. Deine Lippen bluten an einer Stelle, deinem Schneidezahn fehlt ein Stück, deine Augen liegen tief in ihren Höhlen, dein Haar fällt dir in die Stirn, deinen Schuhen fehlen die Schnüre. Ich möchte dich nicht wieder zurückhaben. Du sollst deiner Wege gehen. Ich werde dich aus meiner Liebe entlassen. Ich werde dich nicht mit meiner Liebe verfolgen. Du bist auf die Seite der Gespenster übergetreten. Nimm deine Tüten auf und koche für alle Mädchen ihre Lieblingsgerichte. Decke sie zu, und decke sie wieder auf. In deiner Wohnung auf dem Berg, die ich immer noch nicht betreten werde. Ich bin eingeschneit. Ich gehe in einem Schneeblock umher und greife durch Schichten von Schnee nach meinem Fahrradlenker, ich trete in die Pedale. Mein Mantel verfängt sich in den Speichen, ich trete weiter. Ich komme nicht vom Fleck. Die Wolle meines Mantels trennt sich auf. Die Wolle meines Mantels verfängt sich in den Rädern. Ich trete in die Pedale. Mein Fahrrad zieht Faden für Faden meiner Kleidung ein. Bis nur noch ein großes rotes Wollknäuel übrig bleibt. Jetzt stehe ich hier an dem städtischen Fahrradweg, eingeschneit und unbekleidet. Du und das Mädchen neben dir, in eurer winterlichen, heimeligen Kleidung. Ihr starrt mich an und seht mich. Ich rufe nach der Bergwacht, den Himmelswächtern. Sie finden mich nicht in der Stadt. Sie haben die Orientierung verloren. Ich sende Signale aus dem Schnee. Mein Mund und meine

Nasenlöcher sind verklebt von Schnee, meine Augenbrauen vereist. Meine Finger und Zehen erfrieren. Sie sind schon ganz blau. Die Straßenbahn fährt kaltblütig weiter. Das Leben geht kaltblütig weiter. Der Hund, der vor Netto angebunden ist. Der Weiße mit dem roten Mantel, der letzte Hüter der erfrorenen Seelen, reißt sich von der Kette. Er fletscht die Zähne. Er springt über das Drehkreuz in den Supermarkt. In einem einzigen Satz ist er beim Spirituosenregal. Er springt in das Flaschenregal und schnappt nach einer Flasche hundertprozentigem Rum. Die anderen Flaschen gehen zu Bruch. Die Kassiererin schreit. Der Hund springt an ihr vorbei. In großen Sprüngen eilt er auf mich zu. Er fegt euch um. Ihr stürzt mit euren Tüten und neuen Möglichkeiten davon. Hier bin ich, Hund, rette mich. Ich atme noch schwach. Ich klopfe von innen gegen die Schneedecke. Es klingt dumpf. Der Hund hat den Schneeberg erreicht. Er beißt sich durch. Er gräbt nach mir. Er zieht mich aus der Kälte. Mit seinem Atem wärmt er mich. Er flößt mir Rum ein und hängt mir seinen roten Mantel um. Er schultert mich, mein Fahrrad und das Wollknäuel auf seinem breiten Hunderücken und trabt mit mir den Berg hinunter. Die Leute treten einen Schritt zur Seite. Das ist ihnen fremd. Sie fliehen auf die andere Straßenseite. Die Kälte verfolgt sie. Sie erwischt sie auch noch. Zu Hause angelangt, kocht mir der Hund einen schwarzen Tee mit Honig. Er spielt noch ein wenig mit den Katzen Verstecken und verabschiedet sich höflich. Ich umarme ihn und lade ihn zu einem Ausflug ein. Ich decke mich mit seinem roten Mantel zu und lese noch einmal die Geschichte von dem Soldaten mit dem Feuerzeug. Es gibt sie also, die großen, zähnefletschenden Wunderhunde. Die von den Wächtern auf die Welt gehetzt werden, um Menschen wie mich aus dem Schnee zu ziehen. Danke schön. Du kluges Tier.

Meinem Kind ist an diesem Tag, an dem die Zeiger der Kirchturmuhr auf vier stehengeblieben sind, auch etwas Kaltes zugestoßen. Es stand im Park und hat gewartet. Das erste Mal gewartet, und er ist nicht gekommen. Sie hatte ihr Haar hochgesteckt, und die Lippen glänzten. Ich fand sie unter einem Federbett, die Decke über den Kopf gezogen. Trost und Mitleid verweigernd. Das fängt ja früh an mit der Fahrlässigkeit, dem Vergessen. Es gibt keinen Schutz vor der Enttäuschung. In solchen Fällen gehe ich aus dem Haus, überquere die Straße und hole zur Genesung jeglichen Kummers eine Hühnersuppe. Der thailändische Koch kann sie so gut zubereiten, dass sie heilt. Koriander, Chili, Kokosmilch und Zitronengras. Ich bringe auch noch ein Bambustöpfchen mit. Hebt man den Deckel, sind kleine verwunschene Tütchen darin, gefüllt mit Garnelen, Kräutern, Gewürzen und Fleisch. An einem solchen Tag steht uns ein Festessen zu. Wir vertreiben die bösen Geister mit wohlschmeckenden Speisen. Wir breiten Bananenblätter auf dem Boden aus, streuen uns Blüten auf den Kopf, machen ein Feuer in der Mitte. Wir werfen Weihrauch und Schnee in die Flammen und singen ferne Lieder. Die Krokodile mit den gefletschten Zähnen, die ihre Kreise um uns ziehen, laden wir ein, sich zu uns zu setzen. Wir machen uns mit ihnen bekannt. Sie werden jetzt häufiger vorbeikommen. Man muss keine Angst vor ihnen haben. Es ist gut, in ihre Augen zu schauen. Und dem Blick standzuhalten. Sie öffnen ihren Rachen. Wir legen die Hände in ihren Schlund. Sie schnappen nicht zu. Zwischen ihren rissigen Zähnen sieht es böse aus. Aber das ist nun mal ihr Gebiss. Sie knacken unsere Haselnüsse und Walnüsse auf. Die Schalen schlucken sie gleich herunter. Mit den übriggebliebenen Walnüssen spielen wir ein Geschicklichkeitsspiel. Die Nüsse müssen ganz schnell gezählt und vertauscht werden. Dazu müssen wir ganz schnell in die Hände klatschen. Das ist eine Frage der Koordination. Wir geben uns Mühe. Die Krokodile sind etwas schwerfällig und nicht so schnell wie wir. Immer vergessen sie etwas. Das Klatschen, das Zählen, das Vertauschen. Sie können sich einfach nicht merken, was gerade wichtig ist. Jetzt ist es spät geworden. Unsere Augen sind müde. Wir pusten und treten das Feuer aus, rollen die Blätter zusammen, kehren die Schalen weg. Und bitten die Krokodile hinaus. Sie trotten die Treppe hinunter und verziehen sich wieder in ihre Lebensbahnen. Wir schauen ihnen noch vom Balkon hinterher. Sie hinterlassen mit ihren schweren Körpern Spuren im Schnee. Wir suchen zwischen den Dächern die Mondsichel und gehen schlafen. Morgen ist ein neuer Tag. In einer ängstlichen Zeit habe ich mit meinem schwarzen Fineliner auf deine weiße Haut Krokodile gemalt. Sie sollten das Unheil abwehren und dich auf Schritt und Tritt begleiten. Sie haben nicht aufgepasst. Sie blieben nur ein Abdruck auf einem Kissen. Ein schwarzer Fleck auf dem Kopfkissen, ein harmloser, ist von den Körperwächtern übrig geblieben. Die Gefahr lauert ja überall. Die deutsche Touristin, die in einem schlammigen Fluss in Australien von einem ausgewachsenen Krokodil angefallen, unter Wasser gezogen und gefressen wurde, ist ja selber schuld. Was muss sie auch bei Vollmond in fremden Gewässern sorglos baden. Unter dem australischen Mond, der die Szenerie so grausam ausleuchtete. Unter den Augen ihrer entsetzten Begleiter und ihrer Schwester. Meine Schwester ist von einem Krokodil gefressen worden. Das glaubt einem doch kein Mensch. In einer Fernsehsendung über diese Flusskrokodile habe ich einem von ihnen ins Maul geschaut. Weißer Schlund mit scharfen Zähnen. Ich musste an dein Gebiss denken. Schnapp. Verschluckt. Unters Leben gezogen. Unter der schmutzigbraunen Wasseroberfläche kämpfe ich mit dem Krokodil. Ich stemme mich mit aller Macht zwischen seinen Ober- und Unterkiefer. Ich versuche, mit den Fäusten die Zähne zu blockieren. Ich versuche, mit dem Krokodil zu verhandeln. Ich biete ihm mein Leben zum Tausch an, meine Haut, mein Haar. Nichts, es will fressen. Ich schaue ihm in die gelblich reglosen Augen. Keine Bewegung. Die Pupillen starren mich an. Die Haut des Krokodils ist mit nassen Warzen bedeckt.

Sie fühlt sich an wie nasses Fensterleder, aber es ist zu spät. Ich werde nicht mehr zurückkehren in die Zivilisation. Ich stehe im aufgerissenen Gaumen des Flusstieres. Hunderte Jahre stärker ist die Kraft meines Gegners. Ich kapituliere und kauere mich unter die Zunge des Untiers. Vielleicht findet es mich hier nicht, vielleicht kann ich unter der Zunge des Untiers überleben. Ich darf keinen Laut von mir geben und muss überall mit hinschwimmen. Mit einem wütenden Laut spuckt mich das Krokodil aus, es mag keine Tricks. Schnapp, beißt es mich in die Hüfte. Durch die Knochen. Die splittern wie Salzstangen. Ich betrachte meine untere Körperhälfte, die bauchnabelabwärts neben mir im Wasser treibt. So schnell geht das also. Meine entsetzte Schwester winkt vom Ufer, sie ruft etwas. Ich kann sie nicht hören. Wir werden nicht mehr am Morgen telefonieren können. Sie soll Mama und Papa keine Details erzählen. Die werden ja ihres Lebens nicht mehr froh. Ihre Tochter, die älteste, vom Krokodil gefressen. Blutfäden ziehen durchs Wasser. Die Fische schwimmen auf meine offene Wunde zu. Ein Flussabenteuer heute. Ich schließe die Augen. Durch meine Lider sehe ich mich den Schlund des Krokodils hinuntertreiben. Ich rudere mit meinem amputierten Körper durch die Speiseröhre des Ungeheuers. Der Fall erinnert mich an die großen Wasserrutschen des Außenbeckens im Badeparadies Delmenhorst. Ich rutsche durch nasse Innenwände. In einem atemberaubenden Tempo. Wo geht es denn hier hin, wie lang ist denn das Krokodil noch. Ich denke, zwölf Meter. Ich schlage im Bauch des Krokodils unsanft auf. Da liegst du ja, auch schon halbiert. Nanu, wie kannst du beides sein. Der Gefressene und der Fressende. Merkwürdig. Aber von dir ist nur die untere Hälfte da. Meine haben sie aus dem Wasser gefischt und in einen Plastiksack gesteckt. Wir müssen hier raus. Noch leben wir. Warte, ich habe noch mein Nähzeug. Ich habe doch kürzlich die Landkarten vernäht. Hier. Nadel, Faden, Schere. Gutes Päckchen. Ruhig. Reiß dich zusammen jetzt. Nicht zappeln. Ich vernähe jetzt die beiden Hälften. Ohne Narkose. Die Nähte sind krumm und schief. Unter dem Bauchnabel mache ich einen doppelten Knoten. Das ist gar nicht einfach, den durchzubeißen. Aber ich schaffe es. Auf deinen Füßen zu laufen, das muss erst koordiniert werden. Rechts, links. Schön langsam.

Das Krokodil schläft. Wir klettern den Schlund wieder hoch. Vorsicht. Wir klettern über die Zunge. Das Krokodil schnappt nach Luft. Wir lassen uns aus seinem Maul fallen. Der trübe Fluss nimmt uns mit. Wir können nicht mehr schwimmen. Wir können uns nicht mehr bewegen. Die hastig verstochenen Nähte schmerzen. Das ist keine Rettung, das ist ja eine Qual. Falsch vernäht treiben wir in trüben Gewässern. Nein, nein das war keine gute Idee, bei Vollmond baden zu gehen. Die Romantik hat uns ruiniert. Liebe Karoline von Günderode, dich hat sie auch ruiniert. Ich sag dir eines deiner schönen Gedichte von Fluss zu Fluss. Du treibst im Rhein, die Fäuste um die Steine in deinen Manteltаschen geklammert. Komm her, schönes, sanftes Mädchen. Ich schwimme zu dir. Ich schwimme ja schon. Ich bin gleich da. In deinem Haar sind Algen und Muscheln, Plastiktüten. Ich kämme dein Haar mit einem goldenen Kamm unter der Lorelei. So lange treibst du hier umher. Ich nehme dich in den Arm, wringe deinen nassen Mantel aus. Der Stich unter deinem Herzen muss auch vernäht werden, gut, dass ich mein Nähzeug dabeihabe. Wundere dich nicht über meine männlichen Füße. Ich bin falsch zusammengewachsen. Grausam entzweit, grausam vereint. Wo ist denn dein Ohr. Ich will dir etwas ins Ohr flüstern. Von deinen Worten, die zu mir gefunden haben. Die ich dir mitgebracht habe. Unter das Wasser. Hör zu. Du selbst hast sie geschrieben. Bevor die Seiten ganz aufgeweicht sind. Lese ich dir deine Worte vor. Ach! Mein Geliebter ist tot! Er wandelt im Lande der Schatten, Sterne leuchten ihm nicht, ihm erglänzt kein Tag, und ihm schweigt die Geschichte, das Schicksal der Zeiten gehet den mächtigen Gang, doch ihn erwecket es nicht. Alles starb mit ihm, mir ist er doch nicht gestorben, denn ein ewiges Band eint mir noch immer den Freund. Liebe heißet dieses Band, das an den Tag geknüpft mir die erebische Nacht. Tod mit dem Leben vereint. Darum fraget nicht, Gespielen! Was ich so bebe? Warum das rosige Roth löscht ein ertödtendes Blass? Theil ich mein Leben doch mit unterirdischen Schatten, meiner Jugend Kraft schlürfen sie gierig mir aus. Aber Karoline du weinst ja, nicht weinen. Ich tröste dich, ich kämme dir dein Haar. Komm schönes Mädchen, halt dich an meiner Hand fest. Wir schwimmen hinaus aus dem unterirdischen Totenreich. Schmeiß die Steine in den Grund des Flusses. Lass sie los. Gib sie frei. Gib mir deine Hand, komm, wir schmeißen die Steine jetzt weg. Und den Dolch auch. Wir lassen uns nach oben treiben. Hier wird es schon heller. Wir hören Kinderstimmen. Über unseren Köpfen ein Schiff der Rheinflotte. Wir tauchen auf und schwimmen an Land. Ein Ufer mit schwarzen Steinen besät. Wir lassen uns auf das Ufer fallen. Wir waren zu lang im Totenreich, meine Liebe. Jetzt komm mal her. Wir ziehen die nassen Kleider aus. Und trocknen unsere Haut in der Sonne. Die Spaziergänger und Skateboardfahrer können uns nicht sehen. Wir haben uns einen Sichtschutz aus Sträuchern und Blättern gebaut. Liebe Karoline, ich streiche etwas Blütenhonig von der Uferblume auf deine Wunde. Wir werden warten, bis sie verheilt sind. Meine Wunde ja auch. Sieh mal, da kommt mein Unterkörper angetrieben. Aus dem schmutzigbraunen Fluss direkt hier in den Rhein. Wie doch alles miteinander verbunden ist. Schnell, gib mir einen Stock. Wir kriegen ihn zu fassen. Jetzt tausche ich den aber aus. Jetzt nähe ich meinen eigenen Leib zusammen. Die Reste werfe ich den Fischen, den hungrigen, zum Fraß vor. Wir liegen in der Sonne und erzählen uns Geschichten. Ich hole mit meinem neuen, eigenen Körper etwas zu essen für uns. Da vorne in dem Büdchen gibt es Federweißer und Zwiebelkuchen. Davon hole ich jetzt ganz viel. Ich bin gleich zurück. Wir müssen auch dein Buch trocknen. Das ist ja ganz nass geworden. Der Schatten deiner Träume. Wo bist du denn, oh, weitergeschwommen. Ich sehe dich den Fluss hinunterschwimmen. Mit kräftigen Zügen. Dein Kopf taucht auf, um Luft zu holen. Du wirst schon ankommen, wo immer du willst. Ich werfe noch ein paar Steine ins Wasser und hänge so meinen Gedanken nach. Warum das so ist mit der Liebe. So hoffnungslos romantisch. Wer hat uns das Lieben gelehrt. So bedingungslos. Warum fehlt uns das nötige Maß des Begehrens. Tragen wir unsere Liebe dem an, der sie nicht genügend teilt. Oder sollten wir uns mäßigen. Ich komme zu keinem Schluss.

Über die Rheinbrücke fährt ein rot-weißer ICE. Es geht jetzt alles sehr schnell hier. Schnell und herzlos. Ich sitze in einem Großraumwagen. Die Menschen, die um mich herum Platz genommen haben, gehören einer anderen Gesellschaft an. Zu der ich offensichtlich keinen Zugang habe, keinen Kontakt finde. Sie sprechen eine Sprache, die mir fremd ist. Sie ziehen handliche schwarze Koffer hinter sich her und tragen nuanciert abgestimmtes Schwarz. Bevorzugt schwarze Kurzhaarmäntel, Rollkragenpullover, Anzugteile. Ihre Fingernägel sind poliert, und die Gesichter glänzen so merkwürdig. Wahrscheinlich salben sie ihre Haut mit Fetten und Ölen, die sie in ihren Koffern transportieren. Ihre Haare sind korrekt geschnitten. Randlose Brillen verdecken ihre leblosen Augen. Wenn sie Platz nehmen, kennzeichnen sie sofort ihre Zugehörigkeit zu einer ununterbrochenen Arbeitswelt. Sie legen Papiere, Folien, Zeitungen um sich herum und starten ihre Rechner, um Kolonnen von Zahlen einzugeben. Sie heißen Herr Naumann, Herr Strecker und Herr Wendt. Am Sonntag verabreden sie sich mit Herrn Hartmann bei hoffentlich kühlem Wetter zum Golfen. Immer wieder sprechen sie in ihre silbernen Telefone den magischen Satz. Ich bin im Zug. Wahrscheinlich haben sie Angst, abhandenzukommen. Oder sich aufzulösen. Sie versichern sich ununterbrochen ihrer Gegenwart. Karoline, bleib bloß im Wasser. Schwimm flussabwärts. Wenn du mit deinem nassen Haar und deinen Worten durch diese Abteiltür treten würdest, sie würden dich vertreiben. Ihre kapitalen Zeitungen nehmen und dich verscheuchen. Wie ein Insekt. Sie möchten nicht nass werden, nicht berührt werden. Ich starre aus dem Fenster, in einem Hartschalensitz gefangen. Das Land hinter der Scheibe. Es macht einen so geduckten Eindruck. So verlegen und unstolz. Was ist das eigentlich hier. Ein Umschlagplatz, ein Transitort. An den Bahngleisen entlang stehen Ruinen aus Ziegelsteinen. Schwarze Löcher gähnen in alten Fabrikanlagen, auf denen noch die Schriftzüge zu erkennen sind. Die einzigen intakten Gebäude hier sind die Einkaufsparadiese. Auf den Dächern sitzen große Weihnachtsmänner, oder sie versuchen die Fassaden hochzuklettern. Mit Sprengstoffsäcken auf den Schultern. Zwischen den gigantischen Einkaufsanlagen liegen Wohnhäuser. Was machen die Menschen in diesem

Land. Ich sehe sie nicht. Sie treffen sich auf den gigantischen Parkplätzen, parken ihre Wagen, die sie auf Kredit gekauft haben, und verschwinden mit ihren Einkaufswagen hinter einer Tür, die von selbst aufgeht. Da, wo sie sind, gibt es Musik, klimatisierte Luft und viele Dinge, die sie alle unbedingt benötigen. Sie kehren zurück, verstauen alle Dinge, die sie gekauft haben, in den Kofferräumen ihrer Wagen und fahren zurück in ihre Häuser. Komisch. Ich sehe kaum Menschen, die durch das Land laufen. Wer geht denn auf den Wegen durch die Wälder, an den Feldrainen entlang. Wer steht auf den Bergen, den Gipfeln. Wer wandert durch die Täler, die Höhen. Das Land, da hinter der Scheibe. Eine riesige Kulisse. Eine Dekoration aus geduckten Häusern und größenwahnsinnigen Anlagen. Dazwischen schleicht sich der Verfall. In den Bahnhöfen stehen häufig Glaskästen, in denen Modelleisenbahnen fahren. Alte Dampflokomotiven und moderne ICEs schlängeln sich durch eine tarngrüne Modelllandschaft. Ausgeschnittene, aufgeklebte Dörfer und Städte. Maßstabsgerecht. Wie viele Menschen dichtgedrängt hinter der Scheibe stehen und in den Glaskasten starren. Ich sehe sie, wenn die Weichen auf Rot stehen. Ich winke ihnen aus meinem Großraumwagen zu, aber sie sehen mich nicht, weil die Scheiben verdunkelt sind. Zur Tarnung. Jetzt fahre ich schon so lange im Kreis. Immer die gleichen Tunnel und Bahnsteige. Aber immer wieder wirft ein Passant einen Euro in den Glaskasten, und es geht weiter. Ich ziehe die Notbremse, ein heftiger Ruck. Herr Strecker und Herr

Neumann stürzen in die Bildschirme ihrer Computer. Der Zug springt aus den Schienen. Panik. Ich nehme das rote Hämmerchen für Notfälle aus dem Glaskasten und verhalte mich korrekt und umsichtig. Es gibt nur einen winzigen Ausgang aus diesem Desaster. Eine einzige Fensterklappe. Und natürlich drängen sich Herr Strecker, Herr Naumann und Herr Wendt mit ihren Rollköfferchen und ihren Kurzmänteln durch genau diesen Ausgang. Sie treten mit ihren handgenähten Lederschuhen auf die Hände der anderen Passagiere. Mein Kind hat keine Chance, und Karoline auch nicht. Moment mal, meine Herren. So geht das aber nicht. Ich nehme das rote Hämmerchen, das vorn zwei Zacken aus Metall hat, und haue ihnen auf die Finger, die sich um den Ausstieg klammern. Sie weichen nicht zurück. Na gut, dann müssen wir eben härter vorgehen. Der Hinterkopf von Herrn Strecker ist zuerst dran. In seinen korrekt gepflegten Scheitel fliegt der Hammer. Knack macht es. Herr Strecker stürzt nach hinten. Aus der Wunde tritt kaum Blut. Der gleiche Tod ereilt auch Herrn Naumann und Herrn Wendt. Jetzt können sie nicht mehr Golf spielen. Ihre Telefone klingeln. Raus jetzt aus diesem Zug. Ich renne davon. Lasse Bahnsteige, Fahrstühle, Rolltreppen hinter mir. Komm mit, mein Kind. Gib mir dein Schlafkissen und dein Schaf. Wir gehen zu Fuß. Wir wandern jetzt von Braunschweig nach Berlin. Das Schaf zeigt uns den Weg. Mit einem Glöckchen um den Hals läuft es vor uns her. Manchmal rutscht es auf den eisigen Pfützen aus. Einmal bleibt es mit seinem Schafsbeinchen in der Eisdecke stecken. Mit unserem Atem befreien wir es. Der Boden ist ganz hart gefroren. Wir ziehen Mütze und Handschuhe fester und laufen einen Feldweg entlang. Wir verlassen die Gegend der Gleise und Stadtanlagen und gehen auf einen dunklen Wald zu. Der Wald steht da wie ein trauriger Schatten, unbewegt. Langsam dämmert es. Der Abendstern geht auf. Der kleine, blinkende. Ganz oben. Den einzigen Stern, den wir neben dem großen Wagen immer erkennen. Der Abendstern und der große Wagen blinken uns zu. Von der Deichsel des Wagens fällt eine Sternschnuppe direkt vor unsere Füße. In dem gleißenden Licht der Sternschnuppe fällt ein Schein auf dich. Was machst du hier in diesem fremden, dunklen Wald. Du löst dich von der Rinde eines Baumes. Es gibt ein Geräusch, als wäre deine Haut schon mit der Rinde verwachsen. Ich streiche das Moos und die Spinnfäden aus deinem Haar und klopfe dir den Borkenstaub von den Schultern. Sprachlos schließt du dich uns an. Die Sternschnuppe leuchtet eine Schneise in den Wald. Wir folgen den Spuren des Lamms. Unser Atem schlägt weiße Wölkchen in die Luft. So still war es noch nie um uns herum. Wir bleiben stehen und schauen nach oben. Auf einem Ast sitzt eine Eule. Ihre Augen funkeln. Sie bewegt den Kopf hin und her und schaut auf uns herab. Hat sie Mitleid mit uns, will sie uns etwas mitteilen. Sie fliegt auf uns zu. Mein Kind versteckt sich hinter meinem Rücken. Nicht alle Tage fliegt eine Eule auf uns zu. Sie landet auf deiner Schulter und schmiegt ihren Kopf an deinen Hals. Wir sehen die Federschleier um ihre Augen. Die Eule räuspert sich und weist mit dem Kopf Richtung Norden. Jetzt sind wir schon zu viert. Eine verlorene, versprengte Familie mit Eule auf der Schulter. Mit klammen Fingern formen wir den ersten Schnee in der Dämmerung zu kleinen Schneebällen. Wir essen den Schnee, lassen ihn auf der Zunge zerschmelzen. Der geschmolzene Schnee verwandelt sich in ein Lied. Die Eule stimmt zuerst den Choral an, die Baumwipfel schließen sich an. Wir hören uns singen. Deine tiefe warme Stimme in dem Dom aus Bäumen und Himmel, die Sopranstimme des Kindes und meine. Das Lämmchen schlägt das Glockenspiel. Kling. Klong. Kling. Dein Glanz all Finsternis verzehrt, die trübe Nacht in Licht verkehrt. Leit uns auf deinen Wegen, dass dein Gesicht und herrlichst Licht wir ewig schauen mögen. Wir nähern uns einer Lichtung. Auf der abschüssigen Wiese sitzen die Drei Heiligen Könige. Sie sind viel zu leicht bekleidet für den deutschen Winter. Einer, ich glaube, es ist Kaspar, er trägt nur Sandalen, Balthasar hat dünne Stoffschuhe an, und Melchior ist gar barfuß. Auf ihren Köpfen aber sitzen Kronen aus Edelsteinen. Sie haben ein kleines Feuer aus Reisig und Ästen angezündet, wärmen sich die klammen Hände. Auf geschnitzten Stöckchen braten sie Brot und Speck, der zischend ins Feuer tropft. Sie winken uns zu und laden uns ein. Wir setzen uns und reichen ihnen zum Gruß die Hand. In ihren Handflächen sind Geflechte von Linien gezeichnet, das ist eine Wegekarte, die zu einem Neugeborenen führen soll. Sie weisen auf den großen Wagen neben dem Abendstern. Mit dem sind sie hier angekommen, und jetzt müssen sie erst einmal die Orientierung aufnehmen. Sie schenken meinem Kind ein Tütchen mit Sternenstaub. Wenn man es gegen das Feuer hält und etwas schüttelt, entstehen immer neue Gebilde von selbstleuchtenden Himmelskörpern. Orion. Kassiopeia. Die Zwillinge. Du kratzt mit den Fingern etwas Schnee zusammen und formst mir einen Stern aus Schnee, Ästen und Erde. Ich lege ihn auf meine Stirn. Die drei Königsmänner rücken näher an das Feuer. Sie antworten auf den von uns angestimmten Choral. Aus der Schneewiese klingt Musik. Violinen, Klarinetten, Querflöten, ein Cello und ein Bass. All die Instrumente spielen für die Stimmen der Weitgereisten. Der Boden klingt, und wenn man die Handfläche kurz über den Boden hält, spürt man die Schwingungen des unsichtbaren Orchesters. Kaspar, Melchior und Balthasar stimmen gleichzeitig ihr Lied an. Sie können nicht gut singen, aber voller Inbrunst. Du schließt dich ihrem Lied an. Ich dachte, du wärst ein Ungläubiger. Woher kennst du den Sinn ihrer Worte. Erleuchte auch meine finstren Sinne, erleuchte mein Herze durch der Strahlen klaren Schein. Dein Wort soll mir die hellste Kerze in allen meinen Werken sein. Dies lasset die Seele nichts Böses beginnen. Erleuchtet auch meine finstren Sinne. Wir staunen über den nächtlichen Gesang. Jetzt müssen wir aber losgehen in der stockdunklen Nacht und das Neugeborene suchen. Bestimmt friert es schon. Wir treten das Feuer aus, packen die Reste von Brot und Speck ein. Nehmen Eule und Lämmchen in unsere Mitte und schlagen den Weg weiter in den Wald ein. So laufen wir auf einem schmalen Pfad hintereinander. Treten in die Fußstapfen des Vordermanns. Wo sollen wir suchen. Ringsum ist alles dunkel, die nächste Stadt ist weit entfernt. Ich glaube, wir finden das Neugeborene nicht. Mein Kind friert. Ich nehme es auf den Rücken. Da vorn im Schnee liegt etwas. Ein kleiner Karton. Wir beeilen uns. Weit und breit kein Mensch zu sehen. Joseph und Maria. Der Karton schaukelt. Wir öffnen ihn behutsam. In dem Karton liegt ein kleines Kind. Es hat ganz blau gefrorene Lippen und Zehen. Um den Hals trägt es ein Amulett. Auf dem Amulett steht: Dies ist mein Sohn. Retter der Welt. Gott. Um Gottes willen. Dieses nackte Körperchen soll uns retten. Zunächst müssen wir das Kind retten. Mein Kind zieht seine Handschuhe aus, die Ärmchen des Neugeborenen verschwinden darin. Kaspar packt aus seinen Taschen ein Fläschchen mit Öl, Melchior zündet noch ein Feuer an und erwärmt das Öl über den Flammen. Balthasar reibt mit seinen Händen das warme Öl auf den kleinen Brustkorb. Unter der seidig schimmernden Haut senken sich die Rippen auf und nieder. Ernst schaut uns der Abgesandte Gottes an. Die Eule nimmt ihren weichen Federschleier von den Augen und bedeckt die Schläfen des Kindes. Wo sind seine Eltern. Es braucht doch etwas zum Anziehen. Die Könige haben nichts dabei. Du bietest deinen grünen Wollpullover an. Mit der Schere, die ich zum Glück dabeihabe, schneiden wir Pullover, Hose und Mantel für das Neugeborene aus. Ich nähe aus dem Fell des Lämmchens, in der Schneenacht darf es zwei Namen tragen, noch zwei kleine Schuhe. Wir nehmen den kleinen Sohn Gottes aus dem Karton. Er lag da auf Holzwolle. Er schreit, Tränen laufen über sein Gesicht. Er scheint Schmerzen zu haben. In seinem Ohr entdecken wir eine kleine goldene Kapsel. Mein Kind hat die vorsichtigsten Hände und die geschmeidigsten Finger. Tochter eines Goldschmieds. Behutsam zieht sie die Kapsel aus dem Ohr. Die Eule trocknet mit ihren Federn das tränennasse Gesicht des Kindes. Ein Blutstropfen hängt an der Spitze der Kapsel. Melchior löst den blutigen Tropfen und verwahrt ihn in einem Gefäß. Wir öffnen die Kapsel, darin liegt ein zusammengerolltes Pergament. Mein Kind darf vorlesen, was darauf steht. Der Abendstern beleuchtet die Heilige Schrift. Gott hat eine ausgesprochen deutliche Handschrift. Ohne Gruß und Anrede stehen folgende Namen auf dem Papier. Kandahar. Bagdad. Kapstadt. Moskau. Bukarest. Nazareth. Das muss der Auftrag für den fast erfrorenen Sohn Gottes sein. Der muss doch erst einmal wachsen, der Kleine. Und ist das nicht viel zu viel für ihn allein. Wie soll er das denn schaffen. Und das ohne Mutter und Vater. Von Maria und Joseph ist nichts zu sehen. Wir beschließen, dass die Heiligen Drei Könige den Sohn Gottes adoptieren. Und ihm diese Überforderung ersparen. Die Ordnung ihrer Städte und Länder müssen die Irdischen selbst herstellen. Da kann Gotteskind nicht helfen. Da gerät es nur zwischen die Fronten. Wir schreiben auf die Rückseite des Pergaments einen Brief an Gott. Wir schreiben, dass er seinen Sohn retten soll. Vor dem Geschlecht der Menschen. Wir schreiben ihm, dass sein Sohn hier unten auf der Erde keine Zukunft hat, dass ihn Steinigung, Verurteilung, Folter, Verbannung, schlimmstenfalls Kreuzigung erwarten. Wir stecken das Papier zurück in die goldene Kapsel. Die Eule, unser Begleiter, bietet sich an, die Botschaft zu Gott zu fliegen. Sie weiß, wo er zu finden ist. Wir wünschen ihr Glück. Sie fliegt in den Nachthimmel. Wir legen den Kopf in den Nacken, bis nur noch ein winziger Punkt zu sehen ist. Wir machen den Sohn Gottes reisefertig. Den Karton stopfen wir mit Moos und Schafwolle aus. Über dem Feuer erwärmen wir einen kleinen Feldstein, damit er auf der langen Reise keine kalten Füße bekommt. Wir geben ihm kleine Geschenke für seine Kindheit mit. Aus unserer Fahrkarte falten wir einen kleinen Papierdampfer, aus den Glöckchen des Schafs bauen wir ihm ein winziges Glockenspiel, aus dem Brot und dem Speck machen wir einen sättigenden Beißring. Jetzt ist er gerüstet. Die Heiligen Drei Könige winken nach dem Großen Wagen. Der macht sich auf den Weg. Himmelabwärts. Und landet auf dem Schneefeld. Die Sterne, die miteinander verbunden den Wagen ergeben, blenden unser Augenlicht. Wir müssen sie mit den Händen schützen. Kaspar, Melchior und Balthasar steigen ein und nehmen Platz. Wir reichen ihnen vorsichtig den Karton. Zum Abschied küssen wir das Kind Gottes auf die Stirn. Es flüstert jedem von uns ein göttliches Wort in das Ohr. Jeder lächelt. Der Wagen fährt an, beschleunigt und hinterlässt eine schwarze Brandspur auf dem Schneerasen. Wir gehen der Spur hinterher. Am Rand des Feldes treffen wir Joseph und Maria. Sie sitzen mit abgewandtem Rücken, jeder in eine andere Richtung schauend. Offensichtlich haben sie sich gestritten und darüber ihr Kind vergessen. Jetzt ist es weg. Im Himmel. Da, wo es hergekommen ist. Wir schleichen an ihnen vorbei und verraten ihnen kein Wort von dem Erlebten. Den Rest des Weges zurück in die Stadt gehen wir schweigend. Auf einem dunklen Pfad, der sich nur für uns sichtbar durch die Landschaft zieht. Wir finden unterwegs einen wohlgewachsenen Tannenbaum, der sich uns anschließt. Auf seinen Zweigen geht er voraus. Er kann es gar nicht erwarten, mit goldenen und roten Kugeln geschmückt zu werden. Für seine hölzerne Spitze wünscht er sich einen Engel mit Flügeln.

Unterwegs kaufen wir Kartoffeln, Zwiebeln, Eier und Äpfel für den Kartoffelsalat. Wir sitzen am Küchentisch und schälen gemeinsam Pellkartoffeln. Wir schneiden die Kartoffeln in Scheiben. Du rückst deine Knie an meine Knie. Jetzt, wo die Liebe von uns gegangen ist, rückst du in meine Nähe, als wäre ich ein Hort. Der vielleicht noch etwas abstrahlt. Wärme oder einen verborgenen Schatz. Aber die Türen und Wände zu dem Inneren des Hortes sind mit Erde zugeschüttet. Selbstaufgeschüttete Erdwälle sichern meine Höhle. Ich klopfe mit den Handflächen die inneren Wände schön fest, dass sie nicht reißen und mich plötzlich unter sich begraben. In meiner Höhle ist es ganz ruhig. Ich höre die innere Zeit. Tick. Tack. Schlägt die große Lebensuhr. Ein Pendel aus Eisen, ein Pendel aus Wasser. Gib mir die Kartoffelschalen. Mit ihnen stopfe ich die Risse im Gebälk. Du rührst die Mayonnaise an, mit Eigelb und Öl. Wie geschickt du das machst. Im Vorbeigehen streichst du wie zufällig über meinen Rücken. Diese Berührungen haben keinen Anfang und kein Ende mehr. Sie sind wie Zeichen einer anderen Zeit. Die Haut schreibt sie nicht mehr fort. Ich glaube, das ist Trauer. Mein Kind schenkt dir ein hölzernes Kästchen zum diesjährigen Weihnachtsfest. Auf dem Kästchen ist eine Landkarte, darauf die Herkunftsländer der Schokoladen, die darin liegen. Die Banderolen der edlen Schokoladen sind beschrieben mit Madagaskar, Papua, Tobago, Los Rios. Du klappst das Kästchen auf und freust dich. Du bedauerst, dass du kein Geld hast, um uns etwas zu schenken. Und bestimmt willst du das nachholen. Ganz bald. Ganz bestimmt. Woher wusste mein kluges Kind, dass der Inhalt dieses Kästchens das ist, was ich mir immer von dir gewünscht habe. Aus dem Schokoladenladen neben dem Anthroposophenkabinett. Aber es ist umgekehrt. Wir trösten uns damit, dass der Schenkende sich mit dem Beschenkten freut. Ich schenke dir ein Buch mit Gedichten. Mit einem Vorwort von Else Lasker-Schüler. Und uns gehört das ganze bunte Leben, das blaue große Bilderbuch mit Sternen. Schreibt sie. Wir sprachen vorher am Telefon darüber, dass ich mir etwas wünsche. Etwas wünsche, das nichts kostet. Bist du denn völlig einfallslos. Du kommst mit leeren Händen. Du isst von meinen Tellern. Speck, Rühreier, gebratene Tomaten, Baked Beans, Toastscheiben, Orangenkonfitüre. Wir wollten dir ein Englisches Frühstück bereiten. Du erinnerst dich sogar, dass es ein solches Frühstück im Hotel Hilton gab. In dem wir uns liebten. Deine Geschmacksnerven haben ihr Erinnerungsvermögen nicht eingebüßt. Die Überraschung ist geglückt. Aber deine nicht. In deinen Manteltaschen ist keine Haselnuss, die sich aufgebrochen in ein Kleid verwandelt. So wenig, so winzig wenig braucht es. Ein weißes Blatt mit einer Zeichnung, eine Blüte von einem Ast, ein vorgelesenes Gedicht. Ein Lied aus Shanghai. Ein Spaziergang. Warum suchst du mich auf an diesem Festtag. Warum lade ich dich ein an diesem Festtag, wenn der Austausch so verschoben ist. Deine Taschen bleiben leer. Mir ist beklommen zumute. Was ist denn nun richtig, was ist falsch. Ich verabschiede dich. Du gehst langsam die Treppen hinunter. Ein Ferner. Ein Fremder. Mein Kind und ich schmücken den Baum. Mein Papa steckt die Kerzen auf. Ein klirrendes Geräusch. Splitter liegen auf dem Boden. Du bist zersprungen. Der gläserne Bräutigam ist zersprungen. Wir schauen entsetzt auf die Scherben. Dann müssen wir lachen. Ein symbolischer Akt. Ich hole Handfeger und Kehrschaufel und fege dich zusammen. Nur den Kopf berge ich aus dem Mülleimer. Der ist noch heil geblieben. Ein Torso. Ein Fragment. Jetzt sieht das Paar am Tannenbaum wie im richtigen Leben aus. An den Zweigen im Kerzenlicht dreht sich eine weißgoldene Braut mit Schleier, neben ihr ein amputierter Bräutigam. Mit zersplittertem Rumpf und intaktem Kopf. Wir schaukeln nicht mal auf der gleichen Höhe. Unsere Körper ergeben keinen Klang, wenn der Baum sich bewegt. Die Größenverhältnisse haben sich radikal verändert. Später gehe ich ins Schauspielhaus am Gendarmenmarkt. Vor der Tür steht eine Bläsergruppe aus Sankt Petersburg in viel zu langen Weihnachtsmänteln. Die Kapuzen rutschen den Musikern über die Augen. Japanische Touristen schieben sich zwischen den Trompeter und Posaunisten. Fotoblitze. Die Musiker verlieren ihre Melodie und ihre Noten aus den Augen. Die Menschen drängen in das Konzerthaus, um Weihnachtslieder zu hören. Mein Kind singt mit. Festlich gekleidet tritt sie mit den anderen Mädchen auf die Bühne. In aufrechter Haltung steht sie, gleich einer jungen Frau, vor den aufmerksamen Augen des Publikums. Du wolltest sie mit aufwachsen sehen. Du wolltest zu ihrem achtzehnten Geburtstag da sein. Das verzeihe ich dir nicht. Dass du mein Kind so getäuscht hast. Zum Glück ist mein Kind noch unterwegs in einer Welt, in der sie Lieder singt. Von Benjamin Britten und Johann Sebastian Bach. Ich möchte deine Hand nehmen und mit dir der Solistin lauschen. So lege ich meinen Kopf in den Nacken und betrachte das Fresko über meinem Kopf. Sich die Hände reichende Engel tanzen und fliegen an der Decke. Sie machen sich selbstständig und lösen sich aus der eindimensionalen Malerei. Mit ihren Leibern schwirren sie zwischen den Kronleuchtern umher. Sie setzen sich auf meinen Schoß und kitzeln mit ihren Flügeln meine Nase. Sie greifen in die Tasten der Orgel und richten ein fröhliches Fest aus. Der Dirigent ist sehr jung und wippt auf Zehenspitzen. Sein Körper ist ganz durchdrungen von der Schönheit der Musik. Ich könnte mit durch die Konzerthäuser der Welt reisen. Im Flugzeug würden wir Brahms und Schumann hören. Ich habe noch so viele Leben vor. Ich kann mich gar nicht entscheiden, welches dieser Leben ich nun zuerst betreten soll. Welches Land ich aufsuchen will. Wen ich zuerst küssen werde. Ich habe das Gefühl. Ich bin es selbst. Ich werde meine eigenen Landschaften erobern. Ich werde mein singendes Kind begleiten und alle Sprachen der Welt lernen. Um bereit zu sein für den nächsten, einzigen Augenblick. Wenn mich in einem Lidschlag die Dauer eines Lebens ereilt, bin ich bereit, mich zu verlieben.

Ich bin auf den Berg gestiegen. Ich wollte den Geist treffen. Ich hatte ihn schon einmal geträumt. Viel früher, in meinem traurigen und harten Bett. Ohne Gefährten an meiner Seite. Ohne Licht am Horizont. Im Traum ging ich einen Pfad entlang, am Ende der Bushaltestelle. Der Bus fuhr direkt von Tokio bis zum Fuße des Berges. Ich stieg aus und ging langsam und wortlos den weißen Pfad entlang. Einen Fuß vor den anderen setzend. Mönche in orangefarbenen Gewändern mit hölzernen Sandalen kamen mir entgegen. Und grüßten mich so tief, dass ihr Blick mich noch im Traum verfolgte. Ich musste zu diesem Berg. Der Traum verschwand. Leben zog vorüber. Und jetzt war der Tag gekommen. Ich steige in den Zug von Matsumoto nach Narikura. Gepäck für eine lange Wanderung. Einen Baumkuchen und einen süßen Milchkaffee, als Proviant dabei. Meine Freundin Yoshie winkt zum Abschied am Bahnsteig. Jetzt bin ich allein. Neben mir sitzen Japaner, die mich freundlich anlächeln. Ich suche Neuschwanstein oder Heidelberg hinter den Zugscheiben. Aber das ist nur eine Spiegelung. Diesmal bin ich die Fremde. Keiner trägt blondes Haar und hat blaue Augen. Ich fühle mich wie Gulliver, nur dass mich keiner im Schlaf fesselt, sondern ich frei umhergehen kann. Der Zug fährt an kleinen Stationen vorüber. Die Bahnsteige erinnern mich an meine Kindheit. An die Bahnsteige, die ich entlanggefahren bin auf dem Weg zu Oma Mitzi. Gärten an den Gleisen, Hühner, Schuppen und Schulmädchen. Ich wusste nicht, dass Länder solche Verwandtschaften herausbilden können. Ich presse mein Gesicht an die Scheibe und überlege, ob ich ein Leben als Fahrkartenverkäuferin führen soll. Auf einer kleinen Bahnstation zwischen Matsumoto und Shimashimschina. Ich könnte ein bisschen nachdenken, fernsehen, Reis mit Jasmin essen und grünen Tee trinken. Gleich sind wir an der Endstation. Zum Glück kann ich Landkarten lesen. Die japanischen Schriftzeichen sind mir fremd, ich versuche sie mir zu merken. Unter Begriffen wie: der kleine Skiläufer, das springende Pferd oder das doppelt vernähte Auge. Aber mein schmales Wissen hilft hier gar nicht. Die beiden Frauen neben mir, in Wanderstrümpfen, rot-weiß karierten Hemden und Wanderrucksäcken, winken mich heraus. Ich lächle ihnen freundlich zu. Ich lächle überhaupt den ganzen Tag allen freundlich zu. Noch nie bin ich in meinem Leben von einem solchen Lachen empfangen worden. Da wir nicht miteinander sprechen können, lachen wir miteinander. Ganze Botschaften werden durch das Lachen übermittelt. Aber jetzt muss ich mich erst mal einreihen. Es gibt hier sehr viele Uniformierte. Ich habe einen großen Respekt vor den Schaffnern der japanischen Bahngesellschaft. Sie tragen weiße Handschuhe und große Brillengestelle. Streng nehmen sie meine unscheinbare Zugfahrkarte in die Hand und mustern sie. Ich hoffe, dass meine kleine Karte alle ihre Bedingungen erfüllt. Ich muss doch auf den Berg steigen. Ich sehe schon den Bus, in den ich umsteigen muss. Mir steht Schweiß auf der Stirn. Wenn der Schaffner mich jetzt wieder zurückschickt. Das liegt alles in seiner Macht. Ich könnte mich nicht einmal verteidigen. Aber er macht mit seiner Zange ein Loch in meine Fahrkarte und wirft sie in einen Papierkorb, was für ein Glück. Ich bin gerettet. Ein schönes Mädchen winkt mich zum Bus, aber ich habe ja keine Fahrkarte mehr. Sie liegt gelocht in der oberen Ecke im Papierkorb. Aber das Mädchen winkt mich zu einem neuen Schalter. Ich sage meine Station, Narinoke Zaka. Ein gestrenger Busfahrer sitzt mit weißen Handschuhen hinter dem Steuer, dem ich auf Japanisch die auswendiggelernte Formel übermittle. Er registriert meine Bemühungen, ohne dass sein Gesicht irgendeine Regung verrät. Der Bus fährt los. Es gibt sogar in den japanischen Alpen ein Schweizer Haus. Unweit vom Busbahnhof eine rote Fahne mit weißem Kreuz neben einer weißen Fahne mit rotem Kreis. Die Zeichen vertragen sich gut in dieser Landschaft. Schließlich tragen beide Landschaften den gleichen Namen. Ich bin so entsetzlich müde, ich möchte so gerne einschlafen und mich von dem uniformierten Fahrer bis ans Ende der Welt bringen lassen. Aber ich habe Angst, dass er es wirklich tut. Und dann stehe ich da und komme nie mehr zurück. Also reiße ich meine Augen auf und sehe tiefe, verwunschene Seen, schroffe Berghänge und steile Treppen großer Talsperren. Und ich möchte mich gleichzeitig in alles verwandeln. In den milchig blauen See und mir selbst auf den Grund schwimmen. In die schroffen, immergrünen Wälder und mir selbst in die Krone steigen. In die steinernen Treppen und bis zum Himmel hinaufgehen. Der Busfahrer ruft Namen aus. Bis er endlich auf die geöffnete Tür und auf mich weist und mich aus seinem Gefährt schickt. Die Mitreisenden schauen mir mitleidig nach. So als gäben sie mir keine Überlebenschance. Allein, mit einer viel zu schweren Schlangenledertasche beladen, am Fuße der japanischen Wälder. Aber ich weiß ja, es ist die Straße Nummer sieben, die ich finden muss. Und am Ende des Weges gibt es ein kleines Hotel mit einem japanischen Zimmer, das Masami für mich reserviert hat. Es ist Samstagmittag. Und es sind die Geräusche von einem Samstagmittag. Eine geruhsame Hitze hat sich über die staubige Straße gelegt. Ich fühle mich, als ob ich aus der Schule käme und nur langsam den Weg nach Hause finden müsse. Ich kann ganz langsam gehen und muss mich nicht beeilen. Und meine Mama hat bestimmt Frikadellen gebraten. In einem Baum ist ein kleiner Schrein. Ich setze meine Tasche ab und schaue so lange auf den kleinen Schrein, bis ein Wind aufkommt. Ich gehe die Straße entlang. Aus einem alten Kofferradio kommt Musik. Ein alter Mann harkt den schwarzen Sand von drei Tennisplätzen, auf denen bestimmt niemand spielt. Er hat das Kofferradio auf die kleine Bank neben den Rechen und den Besen gestellt und zieht seine Bahnen. Ich schaue ihm zu und finde die Langsamkeit, mit der er sich bewegt, allmählich in meinen Gliedern wieder. Sein Besen fährt über meine Geschwindigkeit gleichmäßig hinweg und fegt mir das ganze Tempo, die Schnelligkeit, die Atemlosigkeit hinweg. Systematisch kehrt er mich ruhig. Ich bleibe an dem Zaun des Tennisplatzes stehen, denn er ist der Verwalter der Ruhe. Der Tennisplatzfeger. Und wenn ich noch ein bisschen bei ihm bleibe, lerne ich von ihm fegen. Und dann wechseln wir uns ab. Ich im Frühjahr, er im Sommer, ich im Herbst und er im Winter. Und wir türmen Blüten, Früchte, Laub, Erde und Schnee aufeinander. Bis die Tennisplätze verschwunden sind. Aber jetzt muss ich weitergehen, sonst machen sich meine Gasteltern Sorgen. Am Ende der

Straße geht ein kleiner Pfad nach rechts. Im Garten eine Quelle. Vor dem Stubenfenster steht ein Mann in Imkerkleidung. Offensichtlich muss er ein Wespennest beseitigen. Da kommt mir auch schon die Frau des Hauses entgegen. Mit einer grünen Schürze aus Wachs, demnach muss sie eine Köchin sein. Das ganze Haus riecht nach wundersamen Speisen. Es sind keine Frikadellen. Der Mann in der Imkerkleidung nimmt seine Haube ab und schüttelt mir die Hand. Er ist der Mann der Köchin. Beide stellen sich vor, sie haben fünfzehn Jahre in New York gelebt. So können wir Japanisch und Englisch sprechen. Frau Sae zeigt mir mein Zimmer. Tatamimatten, im Schrank mein Bett. Ein kleiner Fernseher und ein Tischchen. Schiebetüren und Schiebefenster zum Garten hinaus. Ich nehme mein kleines Reich dankend an. Es ist das beste Versteck. Kein Handy, kein Telefon erreichten mich hier. Kein Mensch kann mich finden. Niemand kann an meinem Schlaf rütteln und meinen Namen rufen. Ich öffne den Wandschrank und lege die Matratzen auf den Boden, ich baue mir ein Bett, gemacht für die Ewigkeit. Das Leinen ist frisch gestärkt. Der Imkermann mäht jetzt den Rasen, und die Töpfe in der Küche klappern. Ich ziehe meine schweren Kleider aus, ich lege mein Gepäck ab und schlage die weißen Laken mitten am Tag über meine Müdigkeit. Ich möchte schlafen und erst wieder aufwachen, wenn der Tag zur Neige geht. Die Sonne steht schon tief am Himmel, als ich erwache. Frau Sae zeigt mir das Bad. Ein heller und nackter Raum. Wenn man die großen Platten von der

Badewanne zieht und an die Wand lehnt, kann man sich direkt in das heiße, von Quellwasser gespeiste Becken hineingleiten lassen. Mit Blick in die Bäume. Aber vorher muss ich auf einem Höckerchen aus Plastik Platz nehmen und mich von Kopf bis Fuß einseifen und ganz lange abbrausen. Und erst, wenn ich ganz gereinigt bin und nicht ein einziges Staubkorn, keine einzige Seifenblase mehr an mir ist, darf ich in das kochend heiße Wasser steigen. Das Wasser dringt direkt durch meine gewaschene Haut in meine Seele. Ich kann es richtig hören, wie das heiße Wasser meine erschöpfte Seele wäscht. So, wie ein Meer einen müden Stein umspült. Noch immer scheint die Abendsonne durch die Bäume, die bis zum Badfenster reichen. Ich steige aus der Wanne und trockne mich mit viel zu kleinen Handtüchern ab. Auf einem Badezimmerregal steht ganz allein ein Schneewittchen. Eine Porzellanpuppe mit einem gelb gestrickten Kleid. Was macht denn das Schneewittchen hier. Sie überwacht die Reinigung. Und alle Frauen, die der hauseigenen Quelle entsteigen, sind dann so weiß wie Schnee, so schwarz wie Ebenholz und so rot wie Blut. Ich werfe noch hundert Yen in den Getränkeautomaten und bekomme eine Flasche grünen Tee. Ich mache mich auf eine erste Wanderung, eine erste Erkundung. Frau Sae will mich nicht ohne Glöckchen gehen lassen. Sie sagt auch, ich solle kein Parfüm tragen und keine bunten Farben. Das würde die Bären und Bienen nur anziehen. Sie spricht die beiden Worte so ähnlich aus, dass ich nie weiß, vor welchem Tier ich mich jetzt eigentlich fürchten soll. Aber ich knüpfe ihr zuliebe die bunten Kugeln mit den kleinen Glöckchen an meinen Rucksack und sage ihr, wann ich zum Essen wieder nach Hause komme. Damit sie sich keine Sorgen macht. Ich bin doch bei meiner Mama in einem Haus am Ende der japanischen Wälder angekommen. Ich wusste es doch. Ich laufe über eine kleine Brücke, darunter ein wilder Fluss. Auch hier ist eine Quelle, eingefasst von Steinen. Eisklares Wasser. Auf dem Parkplatz davor große Waschbecken mit Wasserhähnen, damit die Quellsuchenden trinken und sich waschen können. Ich bin von so viel klarem Wasser umgeben. Ich ziehe die Schuhe aus und lege mich auf den Stein. Die Sonne scheint warm auf meinen Bauch. Und wieder schlafe ich ein, diesmal unter einem großen Himmel, einer Abendsonne und dem murmelnden Geräusch des Wassers. Es ist, als wäre eine solch große Müdigkeit in mir gewesen, dass sie erst diese Umgebung brauchte, um mich wieder zu verlassen. Als hätte sie nur darauf gewartet, sich in einen Schlaf am Fuße der japanischen Alpen zu verwandeln. Als hätte mein Körper bis zu genau diesem Punkt auf der großen weiten Welt gehen müssen, um sich und seinen Kopf am Ufer des Wassers abzulegen. Und das fremde Wasser und der fremde Wind nehmen mich als ihr Geschöpf auf. Und ich muss nicht mehr sprechen, mich nicht mehr verständigen. Nichts mehr suchen, nichts mehr finden. Ich bin angekommen, ich bin zu Hause. Die Bärenglöckchen klingen sanft in meinem Ohr, aber kein Bär kommt mich holen. Ich muss weiter durch die Wälder gehen. Noch ist es nicht Abend. Ich finde Pfade, an denen ein Maiglöckchenkraut wächst, immergrüne Farne stehen am Wegesrand, und ich taumle benommen von so viel Grün den Weg entlang. Eine Landschaft aus Birken und Hügeln taucht vor mir auf. Wie aus einem russischen Zaubermärchen. Das weiße Pferd steht hinter der Birke, und der Prinz ist nur kurz abgestiegen, um aus dem Kelch seiner Hände einen Schluck klaren Wassers zu trinken. Keine Menschenseele weit und breit. Furchtlos wie nie gehe ich durch den Wald. Und plötzlich sehe ich sie. Die Berge. Einen ganzen Bergzug. Und einer, der höchste unter ihnen, trägt Schnee. Sie stehen vor mir wie eine Herde steingrauer Tiere, die vielleicht nur für ein oder zwei Tage Rast machen und morgen weiterziehen. Ich muss den Rücken dieser Bergtiere erreichen. Ich weiß, dass da oben die Götter wohnen. Ich möchte ihnen begegnen. Aber ich muss ja am ersten Tag nicht gleich alle Götter sehen. Ich habe heute schon den Gott der Ruhe am Tennisplatz getroffen. Und wahrscheinlich hat er mich verzaubert, denn wieder falle ich in einen tiefen Schlaf. Ich wollte nur ein wenig auf der kleinen Holzbrücke sitzen und Stöckchen und Steinchen in den Fluss werfen. Und mein Kopf sinkt in das Moos, und kleine schwarze Tiere, eine Sorte Ameisen, die ich gar nicht kenne, krabbeln über mein Gesicht. Aber das ist mir jetzt auch egal. Sollen die kleinen schwarzen Ameisen auf mir herumkrabbeln. Der Schlaf umfasst mich wie ein sanfter Totenbruder. In seiner Umarmung vergehen meine wachen

Sinne, und wenn ich hier für immer verschlafe, im Moos, unter den Birkenhügeln muss man mich lange suchen. Ich wache auf, was mich sehr erstaunt. Und wanke im kühlen Abendwind nach Hause. Ich wage nicht, von meinem Erlebnis zu erzählen. Ich kann ja nicht nach Hause kommen und sagen. Hilfe, Hilfe, Frau Sae, Herr Junshin. Aufwachen. Ein Schlaf hat mich entführt. Da draußen wohnt kein Bär, den man mit Glöckchen vertreiben muss. Sondern ein Schlaf, den man mit Glöckchen nicht vertreiben kann. Aber die Wolken, die Nachtwolken, schieben mich nach Hause. Und es wird schon dunkel. Und Mama hat auch gesagt, ich soll nach Hause kommen, bevor die Nachtraben kommen. Also beschleunige ich meine Schritte durch die dunklen Wälder. Ich sehe das hell erleuchtete Haus. Frau Sae und Herr Junshin stehen schon in der Tür. Sie haben festliche Kleider an, weil sie eingeladen sind. Sie öffnen mir die Tür zum Speisezimmer. Und wie bei dem Märchen vom Tischleindeckdich ist der ganze Tisch für mich allein gedeckt. Ich kann keinen anderen Gast entdecken und kann gar nicht glauben, dass all die Kostbarkeiten für mich sind. Aber da beide so freundlich lächelnd in der Tür stehen und immer wieder auf den Stuhl am gedeckten Tisch zeigen. Sie meinen mich. Und all die Kostbarkeiten gehören mir. Ich setze mich an den Tisch. Und öffne all die Gefäße. Und schaue in die Schüsselchen mit Deckelchen und koste von den Tellerchen. Eine unbekannte Anzahl von Speisen stehen vor mir. Ich habe ja auch schon Bieneneier, rohes Pferdefleisch und eingelegte Libellenmaden in Matsumoto gegessen, aber so etwas Schönes habe ich noch nicht gesehen. Ich weiß, dass es in der Küche von Zwerg Nase solche wohlriechenden Speisen gab. Die Kaninchen und Haselmäuse flitzen auf ihren Walnusshausschuhen nur so herum. Und bringen die köstlichsten Suppen herein, deren Duft die Sinne betört. Ich bin in Zwerg Nases Küche, und Frau Sea, in ihrer grünen Wachsschürze, immer singend mit ihrer dicken Brille, eine auf den Augen und eine auf die Stirn geschoben, ist eine weiße Hexe. Aber jetzt winken meine Gasteltern in ihren Festkleidern und lassen mich allein. Erst jetzt wage ich zu essen. Auf einem winzigen Teller, der so groß ist wie der von meinem Puppengeschirr, liegt eingelegtes Gemüse. Erbsen, grüne Paprika, Bohnen und etwas, das aussieht wie eine Kreuzung von Tofu und Pilzschwämmen. Auf dem nächsten Teller ist Salat mit Anchovisdressing und gebratener Thunfisch mit Zitrone angerichtet. In einer roten Schale mit goldenem Deckel gibt es kalte Buchweizennudelsuppe, auf einem nächsten Schälchen liegt ein Beefsteak mit gebratener Paprika, umgeben von vier Reistörtchen und einer Schale mit eingelegten Gurken. Ein Kännchen grüner Tee und Bananenkuchen und ein Asahi-Bier. Ich habe die ganze Nacht Zeit, um die Speisen aufzuessen. Ich bin am Ende eines verwunschenen Tages angelangt. Erst der Schlaf und dann die Speisen. Sorgsam esse ich Bissen für Bissen. Dass ich auch nichts übrig lasse und die gute Köchin verärgere. Ich bin allein im Haus. Der Wind schlägt die Bäume gegen das Fenster, und ich fürchte mich nicht. Nicht vor Einbrechern, nicht vor Mördern, nicht vor dem Ende der Welt. Weil mir heute ein so seltener Tag zuteilgeworden ist, dass man mich auch aus der Welt nehmen könnte. Ich würde nicht klagen und anstandslos mitgehen. Aber vom Tod ist heute keine Rede, nur sein Bruder, der Schlaf, führt mich durch das dunkle Haus und die Treppe nach oben. Und schlägt meine Bettdecke zurück. Ich schalte den Fernseher ein, eine seltsame Melodie erklingt. Und eine Karawane von Archäologen zieht durch die Wüste. Mit kleinen Besen fegen sie im Wüstenwind über eine Holzplanke, die unter dem Sand sichtbar wird. Sorgfältig, mit ruhigen Bewegungen tragen sie eine Schicht Sand nach der anderen ab. Ich beobachte durch den Fernseher hindurch, dass die Archäologen in der Wüste kurz vor der Entdeckung eines großen Geheimnisses stehen. Ihre Anspannung überträgt sich auf mich. Und ganz langsam und feierlich öffnen sie den freigelegten Deckel einer im Sand vergrabenen Kiste. Sie ziehen das Holz weg, und ein Gesicht kommt zum Vorschein. Das Gesicht einer Frau, die mit einem stolzen Ausdruck seit Tausenden von Jahren im Sand liegt. Die Zeit hat ihrem Wesen nichts angetan. Das Erstaunliche ist, dass ihre Haut ganz glatt und ebenmäßig ist. Ihre Lippen sehen aus, als hätten sie gerade geküsst, und ihre Wimpern, als hätten Sie gerade etwas Seltenes erblickt. Ihr Ausdruck ist so gegenwärtig, dass die Archäologen von ihrem Grab zurückweichen. Ich ebenfalls. In ihren geschwungenen Wimpern haben sich Staubkörner verfangen. Ich puste sie ihr weg, damit der Sand nicht in ihren Augen reibt, falls sie die Augen aufschlägt. Von dieser tausend Jahre alten und ewigen Unbekannten werde ich ins Bett gebracht. Sie deckt mich zu und streicht mir mit ihrer schmalen Hand über die Stirn. Sie sitzt noch ein wenig an meinem Fußende und betrachtet mich. Ich winke ihr zu. Bald sehen wir uns. Dann lege ich mich zu ihr in den Sand. Ich habe heute schon eine Idee von dem langen Schlaf bekommen, am Wasser, auf dem Stein, im Moos. Aber morgen möchte ich auf den Schneeberg gehen. Die Götter besuchen. Zum Frühstück macht Frau Sae Spiegeleier und Haferküchlein. Herr Junshin bindet seine Lederschürze ab und fährt mich zu dem Alpino-Bus. Ganz viele Wanderer, gerüstet für einen Aufstieg, sitzen schon im Bus. Von meinem Platz aus kann ich den Berg sehen. Wolkenfrei. Der Schneegipfel, eine Herausforderung. Ein weißes Plateau, im Himmel schwebend. Ich hoffe, euch zu treffen, verehrte Götter. Dass ihr mir Auskunft gebt. Dass ihr meine Stirn berührt. Mit einem Wort. Oder ein Licht in meinem Kopf entzündet. Der Bus quält sich die Serpentinen nach oben. Die Straße wird immer enger. Ein Parkplatz. Oben auf dem Berg. Und erstaunlicherweise, Lautsprecherdurchsagen, die über den Parkplatz hallen. Das ist mir unheimlich. Wenn nun in der Welt etwas Endgültiges geschehen ist und die Menschen von ihrer Regierung informiert werden. Auch auf dem Bergplateau in Narikura bleibe ich ausgeschlossen. Ein Krieg oder ein Erdbeben. Ich bleibe verschont von jeder Panik. Man würde mich hier oben einfach vergessen. Weil ich kein Wort verstehe und keinem Aufruf folgen könnte. Aber wahrscheinlich sind die Botschaften ganz schlicht. Die Abfahrtszeiten für die Rückfahrt oder ein Hinweis für die Benutzung der Holzstege. Hinter den Nudelsuppenrestaurants ein Meer von Blüten, gelben und violetten. Die Wanderer schreiten über die Blüten hinweg. Stolze Besitzer eines solchen Farbenmeeres. Sie haben einen großen Respekt und verneigen sich tief vor den Gewächsen, die hier in der kalten Bergluft erblühen. Die Frauen und Mädchen tragen weiße Handschuhe. Mit diesen behüteten Händen berühren sie die Blumen, ihre Männer fotografieren diese Geste. Die Frauen und Mädchen scheinen mit den Blüten verwandt zu sein. Zumindest sieht das so aus, wenn ihre Männer durch die Fotoapparate auf ihre Motive schauen. Ich muss ein Foto von mir und dem Blütenpanorama machen. Ich halte die Kamera auf eine Armlänge entfernt von meinem Gesicht und hoffe, dass ich mich erwischt habe. Wenn es kein Bild gibt, bin ich gar nicht hier gewesen. Ich steige auf einen kleineren Berg. Schritt für Schritt. Langsam. Die Wanderer, die mir entgegenkommen, grüßen mich. Ich fühle mich wie eine Abgesandte eines fernen Landes. Im Auftrag Europas bin ich hier, um alle, die den Berg besteigen, zu begrüßen. In der Landessprache. Ich vertrete meinen Kontinent, der Tausende Kilometer von mir entfernt liegt, aber einen Bergzug mit dem gleichen Namen hat: würdig. Noch immer liegt der Gipfel vor mir: 3026 Meter hoch. Ich bin gar nicht vorbereitet auf eine solche Höhe und einen solchen Aufstieg. In meinem Wanderrucksack befinden sich eine Flasche grüner Tee und ein Päckchen Kaugummi mit Kirschgeschmack. Das ist mein Proviant, der muss reichen. Und ich habe nicht mal einen Sonnenhut oder Kletterschuhe oder eine praktische Regenkleidung. Aber ich entdecke den Pfad, und ich kann sogar die Zeichen lesen. Ich steige hinauf. Über schwarzes Gestein, über ziegelrotes Gestein. Einen ausgetretenen Pfad. Immer nach oben. Es wird empfindlich kalt. Regen und Wind. Ich gehe durch Nebel. Die Stimmen der Wanderer werden schwächer. Ich nähere mich dem höchsten Punkt. Ich möchte so weit, so hoch laufen, bis es nicht mehr weitergeht. Es geht nicht um den Wunsch nach einem grandiosen Ausblick, sondern um den Wunsch nach einem grandiosen Innenblick.

Als gäbe es auf dem Gipfel eine unbekannte Instanz, die mir keine Verspätung verzeiht. Die Wege werden schmaler, der Blick über den Rand wird riskanter. Dann endet der Weg an einer kleinen Holzhütte. In dieser ist ein Schintoschrein. Ein Mann sitzt davor und verkauft kleine Andenken. Die Menschen fotografieren sich vor dem Schrein. Es ist eng hier, und es beginnt zu regnen. Ich weiß nicht, wie ich die Götter hier finden, noch ansprechen soll. Zwischen all den Menschen und ihren Regenkapuzen. Ich kann mich auch nicht bemerkbar machen. Ich bin mir nicht sicher, welche Sprache die Götter sprechen. Und ich traue mich nicht, an dem

Holzseil mit der Glocke zu ziehen und in die Hände zu klatschen. Ich kann doch nicht einfach ein fremdes Ritual rauben. Das ist doch Betrug. Ich werde warten. Ich werde einfach hier warten, bis all die Menschen vom Berg hinabgestiegen sind und der Andenken-Verkäufer seinen Karton gepackt hat. Der Wind weht, und die Wolken hinterlassen eine nasse Spur auf meiner Haut. Das Wasser tropft von meinem Haar. Ich setze mich auf einen grauen Stein am Rande des Gipfels. Ich halte meine Ohren zu, ich schließe meine Augen, ich schließe meinen Mund. Ich werde warten. Sie werden kommen. Ich werde eine Sprache mit ihnen finden. Ich bleibe so lange hier sitzen, bis es schneit. Ich werde mich nicht fortbewegen. Ich werde still in der Mitte der Spirale auf die Ankunft der Götter warten. Der Horizont ist weit. Sie werden barfuß durch den Himmel gehen. Wenn sie mich erkennen, bin ich ein winziger Punkt. Etwas größer als ein Stein. Sie werden sich zu mir setzen, und wir werden gemeinsam in die Ferne schauen.

Fremde Länder, fremder Mond. Fremde Träume. Ich sehe zu, wie ein Mann dich küsst. Du hältst ihm deine geschmeidigen Lippen hin. Er packt dein Kinn und versucht, dich zu küssen. Ich beobachte dieses Duell und schreite nicht ein, solange es deinem Genuss und meiner Freude an deinen Bewegungen dient. Das Duell wird härter, überschreitet die Grenze zur Auflösung und Hingabe. Du gibst deinen Körper, der aus seiner Fassung rutscht, dem dich Begehrenden bereitwillig hin. Metall schlägt auf deine Haut. Du krümmst dich unter den Schlägen. Das wird mir jetzt aber zu viel. Ich reiße mich von der Beobachterposition los. Ich reiße dich weg von diesem entgrenzten Liebesakt. Ich will den erleben, an mich soll dein Begehren gerichtet sein. Ich will dich schlagen, ich will, dass du unter meinen Schlägen zuckst und nach ihnen verlangst. Dass du mit geschlossenen Augen unter meinem zügellosen Hass liegst, dir die Lippen zerbeißt und dich nach mir sehnst. Ich reiße dich weg von diesem Partner, der meine Rolle übernommen hat. Du lässt es willenlos zu. Und lächelst. Warum lachst du. Ich schreie dich mit der immer gleichen Frage an. Warum lachst du so infantil. Hör auf, so zu lachen. Du lachst weiter. Hör auf. Kannst du nicht sprechen. Kannst du nicht vernünftig sprechen. Der Hausmeister der nahe gelegenen Schule fragt, ob du der Mann bist, der sich für zwei Dosen Bier verkauft. Ich weiß nicht, warum ich in Träumen ein so verlorenes Bild von dir habe. Jetzt musst du deinen Körper schon an Schuljungen verkaufen, du trägst einen Anzug, Hemd und Krawatte. Du könntest als Abiturient durchgehen, aber du verkaufst deinen Körper für Bier an Schuljungen. So weit ist es schon gekommen. Ich kann dir nicht mehr helfen. Von der Klippe meiner Träume schaue ich deinem nächtlichen Treiben zu. Ich empfinde Mitleid für den verirrten Mann, der durch meine Träume geht. Ich schlage die Bilderbögen auf und versuche sie zu deuten. Ich mache mich mit der Traumrolle unter dem Arm auf den Weg zu einem Schamanen. Der muss hinter das Geheimnis deiner verborgenen

Haut kommen. Der Schamane soll alles wissen. Er soll aus den versprengten Zeichen und den zerstückelten Bildern lesen. Er soll mir aufschlüsseln und prophezeien, was das war. Eine Täuschung, eine Halluzination, eine Fata Morgana. Ich trete ein und grüße den Deuter der Gezeiten. Der Schamane verneigt sich und weist mir einen Platz zu. Ich knie auf fest gestampftem Eis. Der Schamane gibt mir einen Löffel Lebertran. Meine Zunge löst sich. Sie spricht frei und geht mühelos durch alle Formen der Zeit. Auf einem japanischen Platz steht eine Hütte aus Holz. Wild zusammengehämmerte Bretter. Ein Verschlag, eine Falle. In dieser erbärmlichen Hütte mitten auf einem belebten Platz stehe ich gefesselt und warte. Auf die Rückkehr des Teufels. Du bist mit mir in die Hütte hineingegangen. Ich war der Meinung, das ist eine besondere japanische Sehenswürdigkeit. Eine Attraktion. Du bist als Teufel herausgegangen. Ich stehe hier in Eisen geschlagen. Ketten um Arme und Beine. Mein Hals in einer Stahlschiene. Draußen geht das Leben weiter. Du gehst aus meinem Gefängnis heraus und lachst. Ich erkenne dich nicht wieder. Deine Haut ist tätowiert. Flammen ziehen sich über dein Gesicht. Aus deinen Fingern wachsen eiserne Krallen, deine Zähne sind aus Stahl. Bis zum Boden reicht dein schwarzer Mantel. Metallene Bänder umschließen deine Handgelenke. Das bist nicht du. Das ist der Teufel. Der Leibhaftige. Der mich, unbemerkt von der Außenwelt, zu seiner Gefangenen macht. Niemand sieht, in welchem Gehäuse ich gefangen bin. Ich schreie und trete gegen mein Gefängnis. Der Straßenverkehr ist so laut, dass mein Rufen nicht durchkommt. Der Teufel kann jederzeit bei mir ein und aus gehen. Er braucht nur eine der lose genagelten Latten beiseitezuschieben und ist schon bei mir. Er kann mich jederzeit missbrauchen. Niemand kennt sein wahres Gesicht. Dieser Traum ist zu mir gekommen, als wir noch mitten in der unschuldigsten Liebe waren. Ich hielt den Traum für einen Irrläufer. Einen Störfall. Jetzt gehört er schon lange zu meinem Inventar. Ich bringe diesen Traum dem Schamanen. Er zündet ein Holzstäbchen an, zerschneidet die frische Leber eines Rehs und fährt mit den Fingerspitzen über die Umrisse des Traumes. Er tastet über dein still liegendes Gesicht. Hier in der Hütte des Schamanen kannst du dich nicht bewegen. Du liegst unter den Augen des Deuters. Mit Daumen und Zeigefinger verweilt er an einer Stelle auf deinem Gesicht. Ich schaue ihm über die Schulter. Mit einer scharfen Klinge macht er einen kleinen Schnitt. Kurz über der Augenbraue. Ich zucke zusammen. Er lächelt mir ermutigend zu. Er scheint etwas entdeckt zu haben. Er greift in den entstandenen Schnitt und bekommt etwas zu fassen. Den Zipfel einer zweiten Haut. Sie ist dunkel und vernarbt. Der Schamane legt eine Hand auf dein Gesicht, mit der anderen zieht er die unter deiner Haut liegende zweite Schicht durch die über den Augenbrauen entstandene Öffnung hinaus. Das hört gar nicht auf. Dein Gesicht zuckt und bebt unter der Operation. Das Gewebe, das der Schamane da herauszieht, ist dunkel und zersetzt wie ein morastiger Algenteppich. Er nagelt diese Haut auf einen Eisblock. Wir schauen uns die Lücken und Löcher an. Ich fühle das darunterliegende Etwas. Ich greife in etwas Schlammiges, Weiches. Aus dieser Substanz ist das zweite Gesicht entstanden. Der Schamane zwingt mich, meine Hand auf deine Haut zu legen. Er drückt sie hinein. Ich spüre die Kälte des Eisblocks und schließe meine Hand. Das Gewebe formt sich zu einer Kugel. Mit beiden Händen rolle ich einen Ball. Der Schamane hackt ein Loch in das Eis. Wir schauen hinein. Wir können bis in das Erdinnere sehen. Ganz unten auf dem Grund blicken wir in glühende Lava. Schweflige Dämpfe steigen bis zu unserer Hütte auf. Der Schamane vermengt die Hautkugel mit dem Rehblut und schleudert sie in die Tiefe. Wir schauen ihr hinterher. Sie prallt gegen die Röhren und verschmilzt mit der glühenden Lava. Eine kleine Explosion im Erdinneren. Feuerfontänen. Feuerregen. Zwei Erdplatten verschieben sich und begraben einen japanischen Platz inmitten einer belebten Stadt unter sich. Es riecht nach verbrannter Haut. Der Schamane schließt das Erdloch mit einer Eisplatte. Er schaut mir in die Augen. In seinen Pupillen sehe ich ein Kind. Das Mädchen bin ich. Ich sehe mich in den Augen des Schamanen wachsen. Ich steige über den Rand seiner Pupillen. Ich schüttle mir die versponnenen Träume aus dem Haar und richte mich auf. Der Schamane gibt mir einen zweiten Löffel Lebertran. Der ist noch stärker und löst meine verbogenen Gliedmaßen. Der Schamane greift nach meinen

Knochen, da wo die Ketten lagen, sind Einschnitte unter der Haut zu spüren. Er streicht so lange über die Kerben unter meiner Haut, bis das Knochenmark nachwächst. Mit der scharfen Klinge macht er einen Schnitt an meinem Hinterkopf. Von Ohr zu Ohr. Er rollt meine Kopfhaut bis über mein Kinn herunter. Mit einem noch schärferen Messer durchtrennt er den Knochen und klappt die Schädeldecke auf. Was für Verwachsungen. Die scharfe Klinge löst das Nervengeflecht. Da sind ganze Stränge völlig falsch zusammengewachsen. Der Schamane durchtrennt den Nerv, der direkt zu meinem Kinderzimmer führt. Er verlegt das offene, empfindsame Ende in einen unzugänglichen Teil meiner Hirnschale. Mit einem kleinen Bohrer dreht er ein winziges Loch in die Wand. Er wickelt kühlendes Seidenpapier um die Nervenenden und versiegelt sie mit einem Tropfen Harz aus einer Ahornrinde. Zum Abschied darf ich sie noch einmal ansehen. Die bunten, zerrissenen, durcheinanderflatternden Verirrungen. Behutsam legt er das Päckchen in die kleine Hirnhöhle. Er nimmt einen neuen, mir noch unbekannten Nerv und verknüpft ihn mit den anderen. Er klappt die Schädeldecke wieder zu. Plong. Das Geräusch einer Kokosnuss. Er rollt meine Haut wieder vom Kinn bis über beide Ohren hoch. Vernäht den Schnitt mit einem seiner langen Haare. Ich schlafe ein. Eine anstrengende Operation. Der Schamane deckt mich mit einem Fell zu. Ich drehe meinen vernarbten Kopf und sehe dein eingefallenes Gesicht unter einem Fell in der Nähe liegen. Zwischen uns verläuft ein Riss in der Eisdecke. Der Schamane wirft mit beiden Händen Schnee in den dunklen Graben. Du wirst genesen, und ich werde genesen. Wir werden aufstehen, und jeder wird in eine andere Richtung aus der Hütte des Schamanen treten. Ich werde dich vermissen, aber ich werde mich nicht umdrehen. Ich trete mit meinem verheilten Hirn eine Spur in den frischen Schnee. Ich folge meinen eigenen Spuren. Der Schamane winkt und schenkt mir zum Abschied einen Kompass. Einen Kompass für Träume. Wenn die Nadel zu weit ausschlägt, muss man die Richtung ändern. Rechtzeitig. Ich hänge mir den Kompass für die weite Reise um den Hals. Er schlägt auf meinen Brustkorb und wird mich begleiten.

Mit der großen Fähre fahren mein Kind und ich über das stille Meer. Schlafend liegt mein Kind an meiner Schulter. Ich decke sie mit ihrem warmen Mantel zu. Die Fellkapuze liegt auf ihren Augenbrauen. Den Mantel trägt sie nur, wenn es niemand sieht, und im Schlaf. Sie findet ihn zu groß und für ihre vierzehn Jahre ganz unpassend. Das Gleiche gilt für Mützen. Ich schaue durch das Bullauge auf das Wasser. Ein Fischerboot treibt neben dem großen Schiff. Fischt es Eisfische, oder genießen die Fischer unter dem Vorwand, Fische zu fangen, ihre Einsamkeit auf dem großen Meer. Land und Wasser verschwimmen. Ich schäle eine Mandarine und schlage mein Weihnachtsbuch auf. Der Schatten des Windes. Was für eine Geschichte. Durch die Glastür von Deck neun trete ich ins Freie. Der Boden des Schiffes ist von einer dünnen Eisschicht bedeckt. Ich inspiziere die Rettungsschiffe, die Rettungswesten und die Rettungsinseln. Ich versuche, mir die Reihenfolge der Abbildungen einzuprägen. Und nicht zu vergessen, wie ich die Schwimmweste an mir befestige und schnell die richtige Reißleine für die Signallampe finde. Auch das Tragen von winterfester Kleidung beim geordneten Verlassen des Schiffes ist wichtig. Gut, dass ich für mein Kind Mütze und Handschuhe dabeihabe. Ich merke mir den Weg zu der großen Rutsche, die uns auf die Rettungsinsel bringt. Aber im vier Grad kalten Wasser haben wir ohnehin kaum Überlebenschancen. Lieber nicht ertrinken. Ich fürchte nicht den Tod, nur die Panik der Fahrgäste. Mein Kind muss ich dann mit einem Gürtel an mir befestigen. Dass wir wenigstens zusammen überleben oder zusammen sterben. Wenn meine Tasche von der dänischen Wasserpolizei aus dem Wasser gefischt wird, kannst du mich vielleicht anhand meiner Kleidungsstücke und Schriftzüge identifizieren. Ich bin dann im Seegrab. Auf dem Grund der Ostsee. Ein ruhiger Ort. Mit dem Rücken an der Reling schaue ich der fahlen Wintersonne ins Gesicht. Ein Mann und eine Frau, die sich auf einer Winterreise befinden, küssen sich. Ich kann sogar schon hinsehen, ohne dass es schmerzt. Heilung scheint in Sicht. Ich sehe schon die Küste. Ein Leuchtturm und Buchenwälder begrenzen das Land.

Wir nehmen unsere Taschen und steigen in einen Bus,

der uns in eine größere Stadt bringt. Mein Kind und ich sitzen ganz vorn und schauen durch die großen Scheiben auf eine leere Autobahn. Ich setze mir den Kopfhörer meines Discmans auf und höre das schöne japanische Lied aus Kill Bill. Mein Kind hat mir diese Musik zu Weihnachten geschenkt. Ich ihm Nougattütchen. Vor uns liegt die kleine Tüte. Wir wickeln die Nougatschokolade aus und lassen sie auf der Zunge zerschmelzen. Goldenes Papier bleibt übrig, das wir glattstreichen. Ich gebe dir den zweiten Kopfhörer und teile mit dir mein Lied. Du liest mir etwas aus deinem Buch vor. Ein neues Wir. Es mangelt uns an nichts. Der Bus hält an einem Bahnhof. Durch eine große schieferne Hauswand scheint türkises Wasser. Nur eine große Glasscheibe trennt das Schwimmbad von der Straße. Kinder üben von dem Sprungbrett aus einen Kopfsprung. Unsere Freunde holen uns ab. Wir wohnen in einem schönen Haus. Hell und licht. Es gibt nur gute Dinge darin. Für das Abendbrot kauft meine Freundin einen Räucherfisch. Die dänischen Fischverkäufer halten schwarze und rote Hummer in den Händen, füllen roten Kaviar in kleine Schälchen und schneiden Heilbutt in dünne Scheiben. Wir sitzen an einem Tisch, zünden die Lichter an. Die Kinder staunen. Die Funken der Kerzen spiegeln sich in ihren Augen. Wir staunen über das Staunen der Kinder. Und wünschen uns, dass diese Gabe nie verlorengeht. In unser Zimmer unter dem Dach scheint der Mond. Die Glocke der nahe liegenden Kirche schlägt zwölf Mal. Wir decken uns mit einer weißen Decke zu, legen uns auf unsere weißen Kissen. Und fühlen uns wie zwei Prinzessinnen auf goldenen Erbsen. Du schiebst deine eisigen Füße in meine Kniekehlen, und wir schlafen ein. Der Abendstern beleuchtet die letzte Nacht, die zu Silvester wird. Am Silvesterabend sitzen alle dänischen Freunde an einem großen Tisch. Das Lamm wird in Scheiben geschnitten.

Um achtzehn Uhr hören alle den Worten der weisen Königin zu. Die Kinder machen Bleigießen und werfen große Klumpen heißen Bleis in eiskaltes Wasser. Fische, Trompeten und Dampfer entstehen und werden gegen das Licht gehalten. Glücklichen Verheißungen werfen ihre Schatten an die Wand. Um Mitternacht steigen alle auf die Stühle, die in einen Kreis gestellt werden. Wir halten uns an den Händen und springen gemeinsam in das neue Jahr. Der Himmel ist voller Sterne, die auf uns herabregnen. Ich schaue heimlich auf mein Telefon, aber du meldest dich nicht. Keinen Glückwunsch für das neue Jahr. Auch gut. Ich werde von dir unbegleitet in die vor mir liegende Zeit eintreten. Ich wünsche mir Ruhe und Zuversicht. In der nächtlichen Metro sitzen junge Mädchen in festlichen Kleidern, sie fahren zum Tanzen. In unserem Haus unter dem Dach schlagen wir unsere weißen Kissen auf. Eng aneinandergeschmiegt schlafen wir ein. In der Nacht wecken mich zwei Raketenexplosionen. Das war dein Gruß. Zwei Kanonenschüsse zum Abschied. Zwei Kugeln, die sich durch mein Herz ziehen. Das Echo der Schüsse hallt in mir nach. Ich ziehe die Decke fester um mich herum.

Am Neujahrsmorgen spaziere ich durch den königlichen Rosengarten. Um einen Baum herum steht eine Gruppe von Menschen und betet. Ich erkenne nicht, welcher Religion sie angehören. Ich grüße sie von Weitem und wünsche ihnen einen guten Glauben. Sie umarmen den Baum und singen. In der eisigen Kälte, gewärmt von der Neujahrssonne, laufen wir am Meer entlang. Wir wollen so lange gehen, bis wir die Meerjungfrau treffen. Sie sitzt auf einem Stein. Ihre Füße sind zu Flossen geworden. Sie sieht sehr einsam und verfroren aus. Menschen aus aller Welt kommen, um ihr die Ehre zu erweisen. Ich berühre ihren verwunschenen Unterleib. Sieht denn niemand, wie erstarrt und verdammt sie auf diesem kalten Felsen kniet. Die Meerjungfrau schiebt meine Mütze mit einer Handbewegung zur Seite und flüstert mir die Worte ihrer Schwestern ins Ohr. Wir haben unsere Haare der Hexe gegeben, damit wir Hilfe bringen können und damit du diese Nacht nicht sterben musst. Sie hat uns ein Messer gegeben, hier ist es. Schau, wie hell es blitzt. Bevor die Sonne aufgeht, musst du es dem Prinzen ins Herz stoßen, und wenn das warme Blut auf deine Füße spritzt, so wachsen sie von neuem zu einem Fischschwanz zusammen, und du wirst wieder eine Meerjungfrau und lebst, bevor du zu totem, salzigem Meerschaum wirst. Beeile dich, einer von euch beiden muss sterben, bevor die Sonne aufgeht. Töte den Prinzen, und komm zu uns zurück. Beeile dich, siehst du denn nicht schon den roten Streifen am Himmel. In wenigen Minuten steigt die

Sonne herauf, und dann musst du sterben. Der Atem der kleinen Meerjungfrau ist erschöpft von diesem Gespräch. Mein Kind reibt der Meerjungfrau die kalten Hände und Wangen warm. Wir geben ihr heißen Tee zu trinken und suchen in unseren Taschen nach der Schokolade. Wir geben ihr alles Essbare, was wir finden. Die eitlen Männer aus Spanien, die vor ihrem Leib wie vor einem getöteten Stier posieren, stoßen wir ins eisige Meer. Wir hauchen der Meerjungfrau Leben ein. Sie beginnt sich zu regen, wir stützen sie und bringen sie in unser Gasthaus in Frederiksgade. Auf dem Weg dorthin erzählt sie uns, wie ihre Geschichte weitergeht. So spricht man von mir. Die Meerjungfrau zieht den Purpurteppich vom Zelte zurück, und sie sieht die schöne Braut an des Prinzen Brust ruhen, und sie beugt sich nieder, küsst ihn auf seine schöne Stirn, blickt gen Himmel auf, an dem schon die Morgenröte mehr und mehr leuchtet, sieht das scharfe Messer an und heftet die Augen wieder auf den Prinzen, der im Traum seine Braut beim Namen nennt, nur sie ist in seinen Gedanken, und das Messer zittert in der Hand der Meerjungfrau, aber plötzlich schleudert sie es weit hinaus in die rot glänzenden Wogen, und wie es hineinfällt, sieht es aus, als würden Blutstropfen aus dem Wasser emporspritzen. Noch einmal sieht sie auf ihn mit halb gebrochenen Blicken, stürzt sich vom Schiff in das Meer hinab und fühlt, wie ihr Körper sich in Schaum auflöst. Nun steigt die Sonne langsam aus dem Meer herauf, die Strahlen fallen mild und warm auf den totkalten Meeresschaum, und die Meerjungfrau fühlt nichts vom Tode, sie sieht die klare Sonne, und oben über ihr schweben Hunderte von durchsichtigen, herrlichen Gestalten, sie kann durch dieselben des Schiffes weiße Segel und des Himmels rote Wolken deutlich erblicken. Die Sprache derselben ist melodisch, aber so geistig, dass kein menschliches Ohr sie vernehmen, wie auch kein menschliches Auge sie erblicken kann. Ohne Schwingen schweben sie, vermögend ihrer eigenen Leichtigkeit, durch die Luft. Die Meerjungfrau sieht, dass sie jetzt einen Körper hat wie diese, der sich mehr und mehr aus dem Schaume erhebt. Wo komme ich jetzt hin, fragt sie, und ihre Stimme klingt wie die der anderen Wesen, so fein und geistig, dass keine irdische Musik sie wiederzugeben vermag. Zu den Töchtern der Luft, erwidern die anderen. Die Meerjungfrau hat keine unsterbliche Seele, kann auch nie eine bekommen, wenn sie nicht eines Menschen Liebe gewinnt, von einer fremden Macht hängt ihr ewiges Dasein ab. Hier enden ihre Worte, wir sind am Haus angelangt. Die Meerjungfrau will nicht hineingehen. Sie bittet uns, mit ihr ein Kleid zu kaufen. Wir gehen in den schönsten Laden und kaufen ihr ein Kleid aus weißer Spitze. Sie wünscht sich noch einen weißen Fellmantel mit Kapuze und Schuhe, in denen sie weit laufen kann. Sei es bis ans Ende der Welt. Wir kaufen ihr Stiefel aus weichem, gefüttertem Fell mit wasserfesten Sohlen. Schließlich wünscht sie noch Schmuck für ihr langes Haar, ihren Hals, ihre Handgelenke, ihre Ohren. Wir suchen mit ihr den festlichsten

Schmuck aus Strass und Edelsteinen. Mein Kind berät sie und hält ihr immer neue Geschmeide an die alabasterweiße Haut. Sie sieht betörend aus. In einem edlen Küchenladen wählen wir ein japanisches Messer aus. Der Besitzer prüft die Schärfe der Klinge mit einem einzigen Handstreich. Er zieht die Klinge über seine Hand. Blut schießt aus der Wunde. Wir kaufen das Messer sofort. Lassen es gut einpacken und schenken es der Meerjungfrau. Ein gutes Messer kann man immer gebrauchen, welchen Prinzen man auch treffen mag. So gerüstet geht sie die hell erleuchtete Fußgängerzone hinunter. Tatsächlich ist am Himmel ein purpurrotes Abendrot zu sehen. Die Menge der Eilenden und Hastenden teilt sich. Niemand wagt, sie zu berühren noch aufzuhalten. Für einen Moment hält die Menge inne. Die Meerjungfrau eilt auf ein unbekanntes Ziel zu, die Liebe eines Menschen zu gewinnen ist ihr Wunsch. Wir sehen sie noch eine Kreuzung überqueren, dann verschwindet sie. Wir schauen auf unsere Hände, an ihnen kleben goldene Fischschuppen, wir streifen die goldenen Plättchen in unsere Taschen und sind froh über eine solche Begegnung. Der Raub der Meerjungfrau muss uns bitte verziehen sein, es ging um ihr Glück. Sie ist mit glänzender Haut und einem stählernen Messer unterwegs. Der Stein, auf dem sie gefangen war, ist nun leer, der Prinz muss nun mit seiner Braut ihren Platz einnehmen. Zwölf Monate im Jahr allen Wettern und Blicken standhalten für sein Vergehen. Wir verlassen das nördliche Land. Meine Freundin winkt, bis der Bus hinter dem Tivoli verschwindet. Über das Meer fahren wir zurück, mein Kind und ich. Das Schiff schaukelt über die graue Ostsee. Ich bin gefangen zwischen Land und Land. Kann das Schiff nicht ausbrechen, ein durchdringendes Signal geben und den Kurs wechseln. Richtung Indischer Ozean, Kaspisches Meer, Beringsee. Egal. Hauptsache weit weg. Die Passagiere können vorher aussteigen, in die Rettungsboote springen. Mit ihnen möchte ich keine Reise verbringen. Ich betrachte die Gesellschaft, mit der ich zwei Stunden auf dem Schiff verbringen soll. Neben uns drei Mädchen mit verfilzten Haaren und Armeestiefeln, sie würfeln ununterbrochen. Im Duty-free-Shop drängen sich die Frauen, ziehen ihre lustlosen Männer an der Hand hinter sich her. Und lassen sich Parfüm kaufen. Wer nicht Zigaretten, Dosenbier und Kosmetik kauft, isst Berge fettiger Pommes mit Hot Dogs. Im großen Salon spielen die Passagiere Karten. Die Luft ist zum Schneiden. Ich bin verzweifelt. Ich erkenne niemanden in dieser Reisegesellschaft. Kaufrausch. Fressrausch. Genussrausch. Dazwischen Leere. Ich möchte über die Reling springen und wegschwimmen. Das Schiff hält Kurs. Wortlos blicken der Mann und die Frau links von uns aus dem Bullauge. Ihre einzige Unterhaltung ist der Austausch eines Riesenbaguettes mit welken Salatblättern und eines Maxibechers Coca-Cola. Der Kapitän bittet die Passagiere, das Deck A aufzusuchen und in ihren Fahrzeugen Platz zu nehmen. Die unheimlichen Fahrgäste lassen die Essensreste stehen und ziehen mit den erbeuteten Zigarettenstangen und Sixpackdosen in ihre parkenden Autos. Sie werden sich vom Schiff auf die Autobahn begeben und das Land mit ihrer Gleichgültigkeit überziehen. Kurswechsel. Bitte. Die Fähre von Scandlines zieht langsam in Warnemünde ein. Das große Neptunhotel hat keinen Namen mehr. Das Meereswellenbad ist durch einen Wellnessbereich ersetzt. Am Ufer stehen Menschen und winken. An der Kaimauer haben russische Matrosen kyrillische Botschaften hinterlassen. Ein Fischerboot fährt in den Hafen, ich zähle zwölf Fischer in orangen Overalls. Sie stehen auf ihrem Boot wie die zwölf Apostel. Das Schiff legt an, der Bus steht bereit. Wir greifen nach unseren Taschen und hasten durch den gläsernen Gang. Ein Mann mit einem fremden Akzent fragt, ob er mir helfen kann. Ich könnte ihm um den Hals fallen für diese eine mich erlösende Frage. Ich überlasse ihm eine Tasche und bin so froh, dass er erkannt hat, wie schwer dieses Gepäck ist. Wir sitzen hinter großen Scheiben und fahren durch das Land. Es stellt sich keine Wiedersehensfreude ein. Selbst die Stadt mit ihren Tunneln und Lichtern sieht fremd und grußlos aus. Ich bin hier überflüssig. Busbahnhof. Andere Menschen werden umarmt und abgeholt.

Ich rufe dich an. Du bist in deiner Wohnung auf dem Berg und streichst einen Tisch. Ich bin mir sicher, dass du ein gutes, neues Jahr erleben wirst. Am nächsten Tag, es ist ein Sonntag, rufst du mich an. Ich bin so überrascht. Ich freue mich immer, wenn du anrufst. Aber du sagst, ich sei dein Telefonjoker, und du sitzt hier mit deiner Nachbarin und möchtest wissen, mit wem sich Kleist erschossen hat. Die Frage verschlägt mir den Atem, gleich muss ich weinen. Ich finde den neuen Alltag als Telefonjoker für das Spiel Wer wird Millionär zum Weinen. Aber ich gebe dir die Antwort. Ich lese dir aus einem Brief vor, den Heinrich von Kleist an einem zehnten November achtzehnhundertelf an seine Cousine Marie schreibt. Er breitet ihr die Gründe aus, die seinen Entschluss, zu sterben, unwiderruflich machen: «Ich schwöre dir, es ist mir ganz unmöglich, länger zu leben, meine Seele ist so wund, dass mir ich möchte fast sagen, wenn ich die Nase aus dem Fenster stecke, das Tageslicht wehe tut, das mir darauf schimmert. Das wird mancher für Krankheit und überspannt halten, nicht aber du, die fähig ist, die Welt auch aus anderen Standpunkten zu betrachten als aus dem deinigen. Mir waren die Gesichter der Menschen schon jetzt, wenn ich ihnen begegnete zuwider, nun würde mich gar, wenn sie mir auf der Straße begegneten, eine körperliche Empfindung anwandeln, die ich hier nicht nennen mag. Es ist zwar wahr, es fehlte mir sowohl als ihnen die Kraft, die Zeit wieder einzurücken, ich fühle aber zu wohl, dass der Wille, der in meiner Brust lebt, etwas anderes ist, als der Wille derer, die diese witzige Bemerkung machen: dergestalt, dass ich mit ihnen nichts mehr zu schaffen haben mag. Rechne hinzu, dass ich eine Freundin gefunden habe, deren Seele wie ein junger Adler fliegt, wie ich noch nie in meinem Leben nichts Ähnlicheres gefunden habe, die meine Traurigkeit als eine höhere, fast festgewurzelte und unheilbare begreift, obschon sie Mittel genug in Händen hätte, mich hier zu beglücken, und die mit mir sterben will: Und du wirst begreifen, dass meine ganze jauchzende Sorge nur sein kann, einen Abgrund tief genug zu finden, um mit ihr hineinzustürzen. Adieu noch einmal.» Am zwanzigsten November fährt Kleist mit Henriette Vogel in ein Gasthaus am Kleinen Wannsee. Dem Bericht nach speisen sie sehr vergnügt zusammen und schreiben dann in ihren Zimmern Briefe. Am nächsten Morgen gehen sie nach dem Frühstück an den See, wo bald darauf zwei Schüsse zu hören sind. Mit dem ersten hat Kleist Henriette in die linke Brust geschossen, mit dem zweiten sich selbst durch den Mund in den Kopf. Beide sind sofort tot. So, jetzt kannst du gewinnen. Jetzt weißt du, wie er gestorben ist. Aus meinen Augen stürzen sinnlose Tränen. Mein Kind nimmt mein Handgelenk und sagt, ich soll nicht weinen. Es ist doch alles vorbei. Sie hat recht. Es ist ein Rückfall. Ich bin vor Rückfällen nicht sicher. Ich trockne meine Tränen, trinke kaltes Wasser, halte meine Augen unter kaltes, fließendes Wasser. Sie sagt, heute sei ein Unglückstag. Sie hat auch ein Unglück ereilt. Sie sagt, die Mädchen sollten lieber mit den Mädchen leben. Und überhaupt wären sie viel aufmerksamer und taktvoller zueinander. Nicht so grob und vergesslich. Männer sind in dieser Frauenlandschaft nur als Liebhaber zugelassen. Ich denke da an die schönen Botticelli-Frauen. In großen Muscheln stehen wir nackt, unser Haar mit Seerosen und Lilien geschmückt. Wir tanzen. Unsere Füße stehen sicher auf Perlmuttgrund. Mädchen und Frauen jeden Alters wohnen in einem Muschelmeer. Ihre Schalen stoßen aneinander, und sie springen von Rand zu Rand. Die männlichen Muschelkrebse treiben zwischen diesen schwimmenden Gebilden herum. Bei Bedarf werden sie an Land gezogen. Geöffnet. Geherzt. Geliebt. Verspeist. Und zurück ins Wasser geworfen. Der Muschelkrebs ist ein niederer Krebs mit zweiklappiger Schale, die auch den Kopf aufnimmt. Die Fortbewegung erfolgt durch zwei Fühlerpaare. Der Muschelkrebs hat große und kleine Antennen, die häufiger, als es ihm lieb ist, Störsignale senden. Er hat einen kleinen Mandibularfuß, mit dem er verzweifelt zwischen den Strömungen der Gewässer hin und her rudert. Dieser Fuß ist so überraschend winzig ausgefallen, dass der Gleichgewichtssinn des Muschelkrebses darunter leidet. Die Schuhe fallen nur so von den Mandibularfüßen, und die Schnürsenkel halten eh nie. Um diesen Makel auszugleichen, hat er noch ein paar versteckte Schwimmfüße, mit denen er wendige, geschickte Manöver ausführen kann, die von den Muschelfrauen unbemerkt bleiben. Besonders in der Nacht sind diese Schwimmfüße hochaktiv. Das Erstaunlichste und Unheimliche an der Ausstattung dieses Teilchens sind ein unpaariges und ein paariges Auge. Mit den paarigen Augen kann er uns sehen. Mit dem unpaarigen Auge nur das, was in seinem Blickfeld unterhalb der Krebsschale liegt. Manchmal vertauscht er seine Sehorgane, dann sieht er auch draußen nur sich und nach innen doppelt. Dann sieht es in dem Krebs aus wie in einem Spiegelkabinett. Aber er hat ein Herz, das liegt zwischen Fuß und Auge und sichert ihm das Überleben. Die Muschelfrauen und die Muschelkrebse leben in zwei voneinander getrennten Welten, und das ist gut so. Sie nehmen nur Kontakt auf, wenn sie Hunger haben. Alle anderen Bedürfnisse erfüllen sie voneinander unabhängig.

Der See, an dem wir wohnten, liegt ganz oben im Norden. Dort, wo keiner mehr ist. Und die jungen Menschen wegziehen. Nur an den Tankstellen und Imbissbuden ist noch Leben. Wir kennen diesen See im Frühling, Sommer, Herbst und Winter. Wir haben ihn Stalinsee getauft. Weil er so unheimlich ist. Weil er eine Industrieruine auf einer Insel beherbergt und die Ausmaße eines Schwimmstadions hat. Dieser See liegt am Ende der Welt. Im Grenzland, die Wege die ihn säumen, werden von Hundebesitzern und ihren Pitbulls abgelaufen. Ihre Herren hetzen sie in dem naheliegenden Birkenwäldchen aufeinander. Liegt man im Sand, hört man die Todesschreie der getroffenen Hunde. Ihre Leichen werden im See entsorgt. Aber das ist eine Legende. Ich will nicht, dass die Erinnerung an diesen Ort erlischt. Darum lege ich ihn in das Archiv. Weil wir ja jetzt nur noch in unseren Kalkschalen wohnen, in geschlossenen Muscheln und Krebsen, deren Fleisch ungenießbar ist. In diesem ersten hohen Brautsommer trugen wir Körbe mit Speisen und Getränken an das Flussufer. Im Schilf versteckten wir Bier, Weißwein und Martini. Wir vergruben die Flaschen im Uferschlamm, das Wasser weichte die Etiketten auf, und der Wind trieb sie hinweg. Auf eine weiße Serviette legten wir unsere Schätze. Gebratene Hühnerbeine, Frikadellen, rote Paprika und Erdbeertörtchen. Die Pitbulls und die Jungen aus dem Dorf machten einen großen Bogen um uns. Wir aßen alles auf, die Möwen vom Polnischen Meer, die herüberflogen, pickten die letzten Krümel auf. Wir ließen uns vom Sandberg bis in das Wasser rollen. Das Kind auf der Luftmatratze. Du hast es sicher an das andere Ufer geschoben. Hin und zurück. Wie kommen wir auf den Gedanken, dass solches Glück ewig währt. Als der See im letzten Winter zufror, haben wir Löcher in das Eis geschlagen. Trugen Mützen und Handschuhe gegen die Kälte. Lange Mäntel bedeckten uns. Irgendein Gärtner in der Kleingartenkolonie machte ein Winterfeuer. Rauch über dem winterlichen Stalinsee. Aus den herausgebrochenen Eisschollen haben wir ein Haus gebaut. Haben die hauchdünnen Eisplatten sorgfältig aufeinandergestellt. Dass sie nicht gleich zu Bruch gehen. Wir haben die Fugen mit Eiswasser verkittet. Wir mussten immer neue Eisschollen auftürmen. Zu schnell ist das Eis geschmolzen. Als das Eishaus so hoch war wie wir selbst, ist es zusammengefallen. Im Sand blieb ein nasser Fleck zurück. Im Wald spielten wir Hund. Das Kind warf das Stöckchen, und wir jagten hinterher. Wir knurrten und fletschten unsere Zähne. Wir nahmen den Stock und legten ihn vor die Füße des Kindes. Bis er von Neuem und noch weiter weg geworfen wurde. Wieder stürzten wir uns den Waldweg hinunter und kämpften um die Beute. Ich weiß genau, es gibt keinen anderen Menschen auf der Welt, mit dem ich so zügellos Hund spielen kann. Alles andere wird nur noch ein lächerlicher Abklatsch sein. Alle Männer, die nach dir kommen, werden mit mir nicht Hund spielen. Ich werde ihnen gar nicht verraten, dass ich das sein kann. Schäferhund oder Pitbull.

Ich habe ihnen nie geglaubt, den Witwen und alten Frauen, die mit ihren Händen über eine Fotografie streichen. Und beschwörend murmeln. Es gibt sie nur einmal. Es gibt sie nur einmal. Was gibt es nur einmal. Die große Liebe, sagen sie, und ihre Augen leuchten. Jetzt weiß ich es. Sie haben recht. Sie haben gewiss recht. Ich stelle mich auf ihre Seite. In dem Zimmer, in dem ich schlafe, gibt es ein zersprungenes Bild. Darauf ist Maria mit ihrem ersten Mann Heribert. Die beiden liebten sich, dann kam der Krieg. Diese Fotografie stand immer auf einem marmornen Waschtisch. Jeden Morgen stellte Oma Mitzi ein Glas Wasser, gefüllt mit frischen Blüten, vor dieses Bild. Hinter dem Glas war ein Lachen zu sehen, das nur diesen beiden Vermählten gehörte. Meistens standen violette und weiße Edelwicken davor, die in einem besonderen Teil des Gartens wuchsen. Es gab ein Blumenbeet, das gehörte nur ihr allein, auf dieser Erde wuchsen die farbigsten Blüten. Wenn sie in diesem Stück Land verschwand, war sie allein. Hinter dem Foto von den beiden steht ein Farbfoto von uns. Es sieht aus, als wäre es von Außerirdischen aufgenommen. Etwas verwackelt und unscharf. Wir sind zu einem Körper verschmolzen und sehen aus wie ein Atom, bestehend aus Atomkern und Atomhülle. Um uns herum ein merkwürdig astrales Licht. Der Himmel leuchtet. Ich glaube, ich werde immer in dieser Silhouette verweilen. Dieser Armbogen schließt sich um uns. Und es ist möglich zu lieben, ohne zu lieben.

Geweckt von den Schritten über meinem Kopf und den Geräuschen in den Heizungsrohren, gehe ich heute aus dem Haus. Ich schließe den Briefkasten auf und nehme die Zeitungen heraus. Und einen Brief vom Polizeipräsidenten. Betrifft: Unerlaubtes Parken am Schlossplatz, genau gegenüber vom Lustgarten. 17 Euro und 47 Cent. Das war der Tag. Der nun hinter mir liegt. Ich zerreiße den Bußgeldbescheid in kleine Schnipsel und überlasse sie dem Wind. Gehe an einem Uhrmacherladen vorbei, dem einzigen, der sich noch gehalten hat. Zwei Mädchen mit Wintermützen sehen sich eine Micky-Maus-Uhr an. Der vietnamesische Händler an der Ecke schiebt Bleche mit frischen Croissants in den Backofen. Ich kaufe zwei für mich, zwei für mein Kind und lege sie in eine blaue Tüte. Ich schenke mir noch einen Strauß gelber Tulpen. Der Verkäufer wickelt sie in einen Bogen Zeitungspapier, damit sie nicht frieren, und klebt das Papier mit einem Streifen zu. Auf dem

Rückweg gehe ich an einem Werkzeugladen vorbei. Im Schaufenster hängt das Bild einer Katze, mit gestreiftem Fell, die gerne adoptiert werden möchte. Hoffentlich findet sie einen neuen Besitzer, der sie nicht zusammen mit einer Stichsäge kauft. Ich springe über die liegen gebliebenen Silvesterraketen, dass sie nicht unter meinen Schuhsohlen explodieren. Mein Kind lässt Badewasser in die Wanne laufen. Ich gebe etwas Rosenwasser dazu. Ich decke den Tisch und schneide eine Grapefruit auf. Mit dem Messer trenne ich das Fruchtfleisch von der Schale.

Ferner war die ganze Gestalt eines jeden Menschen rund, so dass Rücken und Brust im Kreise herumgingen. Und vier Hände hatte jeder und Beine ebenso viel wie Hände, und zwei Angesichter auf einem kreisrunden Halse einander genau ähnlich. Er ging aber nicht nur aufrecht wie jetzt, nach welcher Seite er wollte, sondern auch, wenn er schnell wohin strebte, so konnte er, wie die Radschlagenden jetzt noch, das Rad schlagen, ebenso auf seine acht Gliedmaßen gestützt, sich sehr schnell im Kreise fortbewegen.

Diese drei Geschlechter gab es deshalb, weil das männliche ursprünglich der Sonne Ausgeburt war und das weibliche der Erde, das an beiden Teilhabende aber des Mondes, der ja auch selbst an beiden teilhat.

An Kraft und Stärke nun waren sie gewaltig und hatten auch große Gedanken. Sie wollten sich einen Zugang zum Himmel bahnen, um die Götter anzugreifen. Zeus und die anderen Götter ratschlagten, was sie ihnen tun sollten, und wussten nicht was. Mit Mühe endlich hatte sich Zeus etwas ersonnen und sagte: Ich will sie jeden in zwei Hälften zerschneiden.

Dies gesagt, zerschnitt er die Menschen in zwei Hälften, wie wenn man Früchte zerschneidet, um sie einzumachen, oder wenn sie Eier mit Haaren zerschneiden. Sobald er aber einen zerschnitten hatte, befahl er dem Apollon, ihm das Gesicht und den halben Hals herumzudrehen nach dem Schnitte hin, damit der Mensch, seine Zerschnittenheit vor Augen habend, sittsamer würde, und das Übrige befahl er ihm auch zu heilen.

Nachdem nun die Gestalt entzweigeschnitten war, sehnte sich jedes nach seiner andern Hälfte, und so kamen sie zusammen, umfassten sich mit den Armen und schlangen sich ineinander, und über dem Begehren, zusammenzuwachsen, starben sie aus Hunger und sonstiger Fahrlässigkeit, weil sie nichts getrennt voneinander tun wollten.

Jeder von uns ist also ein Stück von einem Menschen, da wir ja zerschnitten, aus einem zwei geworden sind. Also sucht nun jeder immer sein anderes Stück.

Die beiden Hälften irren durch die ganze Welt. Sie treffen auf zerzauste Pinguine, Schneestürme, Freunde und Feinde. Sie sind in vielen Städten und vielen Sprachen unterwegs. Und immer wenn sie glauben, eine Sprache vollendet zu beherrschen und die Flächen ihrer Unvollkommenheit zu vereinen, erweist sich eine neue Sprachlosigkeit. An einem Tag, an dem die beiden verlorenen Hälften erschöpft waren von der Anstrengung des Suchens, sahen sie einander. Sie freuten sich und winkten einander zu. Sie legten ihre Schnittflächen aneinander und rasten in kürzester Zeit durch alle Kontinente, die sie in ihrer Beschleunigung erreichen konnten. Sie fielen in Täler, balancierten auf hohen Wegen, kamen bis zu den schneebedeckten Gebirgen. Und an der Stelle, an der sie vor geraumer Zeit von den Göttern geteilt wurden, hielten sie inne. Sie schauten sich um. Noch immer gab es einen tiefen, kreisförmigen Abdruck in der Erdoberfläche. Sie sahen sich an und lösten ihre Verbindung auf. Es war genug. Sie nahmen Hände voll Erde und all die angesammelten Schätze und füllten sie in ihre Hosen- und Manteltaschen. So viel sie tragen konnten.

So geht die Geschichte aus. Der Himmel, der graue, der über den Dächern steht, hat sie gesehen. Er ist Zeuge. Gemeinsam mit Sonne, Mond und Sternen. Ich küsse dich zum Abschied auf den Mund. Du küsst mich zurück. Durch das dunkle Treppenhaus gehst du hinunter. So, wie du gekommen bist, gehst du wieder. Ein neues Jahr beginnt. Ich reiße mein Horoskop heraus und wünsche Ruhe. Die Meteorologen sagen für die nächsten Tage mildes Nieselwetter voraus.

Dank an die Familie und
meine Agentin Henriette Gallus.

Aus dem Verlagsprogramm

Literatur bei C. H. Beck

SAID

Der Engel und die Taube. Erzählungen

Etwa 112 Seiten. München 2008

Nico Bleutge

Fallstreifen. Gedichte

80 Seiten. München 2008

Harald Weinrich

Vom Leben und Lesen der Tiere. Ein Bestiarum

Etwa 144 Seiten. München 2008

Aravind Adiga

Der weiße Tiger. Roman

Aus dem Englischen von Ingo Herzke

318 Seiten. München 2008

Gilbert Adair

Und dann gab's keinen mehr. Evadne Mounts dritter Fall. Roman

Aus dem Englischen von Jochen Schimmang

Etwa 304 Seiten. München 2008

Diane Broeckhoven

Herrn Sylvains verschlungener Weg zum Glück. Roman

Aus dem Niederländischen von Jörn Pinnow

159 Seiten. München 2008

Jay Parini

Tolstojs letztes Jahr. Roman

Aus dem Englischen von Barbara Rojahn-Deyk

359 Seiten. München 2008

Kurt Drawert

Ich hielt meinen Schatten für einen anderen und grüßte. Roman

317 Seiten. München 2008

Frauke Meyer-Gosau

Einmal muss das Fest ja kommen! Eine Reise zu Ingeborg Bachmann

235 Seiten mit 10 Abbildungen. München 2008

Hans Pleschinski

Ludwigshöhe. Roman

591 Seiten. München 2008.